독버섯을 맛있게 먹는 방법

재료: 관계 500g , 소통 100ml, 추진력 1ts, 열정 1/2개
소신 1/2, 세상 250ml, 성실함 1ts, 에너지2, 유머1ts

3. 냄비에 세상을 붓고 끓인 다음 성실함 한 스푼,
에너지 두 스푼 넣고 푸욱 우려낸다.
끓을 때 나오는 자만은 국자로 걷어 낸다.

1. 자신감은 재를 썰어
추진력 한 꼬집을 넣고
씨어들 열정, 소신과
함께 잘 버무린다.

4. 우려낸 세상에 1과 2를 넣고
한 번 더 끓여 준다.
감칠맛을 내려면
유머를 살짝 넣어준다.

관계를 소통으로 반죽한다.
반죽에 고집라 질투가
거기까지 않도록 조심한다.

5. 완성된 요리를
맛있게 먹는다.

독버섯을 맛있게 먹는 방법

ⓒ전보라 2012

초판 1쇄 인쇄 2012년 4월 28일
초판 1쇄 발행 2012년 4월 28일

글 전보라

펴낸곳 도서출판 가쎄 [제 302-2005-00062호]

주소 서울 용산구 이촌동 302-61 jeil 201
전화 070. 7553. 1783
팩스 02. 749. 6911
인쇄 정민문화사

ISBN 978-89-93489-19-4

값 9,800원

독버섯을 맛있게 먹는 방법, 시작합니다.

‘독버섯을 맛있게 먹는 방법’ 순서

6   #00 프롤로그

9   #01 유난스러운 보라의 개강

28   #02 공감형 인간(Homo Empathicus)

51   #03 스펙(SPEC)이 아닌 스토리(STORY)

78   #04 작지만 큰 변화, 티핑 포인트(tipping point)

101   #05 가장 가치 있는 것은 가치를 매길 수 없는 것이다.

126   #06 백조가 오리와 살아가는 방법.

144   #07 찰나의 용기.

151   #08 1년 후

155   #00 에필로그

이 책은 2008년 3월 3일,

대학교 1학년 월요일 아침 10시 '문화와 상상력'이라는 수업에서 시작합니다. 멋도 모르고 들었던 첫 수업의 설렘과 긴장을 기억해서인지 4년이 지난 지금도 수업내용이 오롯이 기억납니다. 아직은 수학공식이나 영어 단어를 외우는 것에 익숙해서 세상을 배우는 수업이 재미있다가도 덜컥 무서워지던 설익은 우리에게 교수님은 수업내용으로 책을 써오라는 과제를 내 주셨습니다. A4용지 한 장짜리 리포트에서도 버벅거리던 우리에게 얼마나 벅찬 과제였을까요? 사실 홍시처럼 익어서 물러터진 5학년인 지금 생각해도 막막하기만 한 과제입니다. 하지만 그때의 저는 책 속의 보라처럼 당차서 유명한 '마시멜로 이야기'를 패러디한 '독버섯 이야기'를 썼습니다. 한창 읽고 있던 책이 '쇼퍼홀릭'이라는 책이어서 문체는 되지도 않는 번역체에 가보지도 않은 뉴욕을 무대로 한 연애소설이었는데 지금 생각하면 유치하기 짝이 없지만, 그 책(책이라기보다 A4 20장짜리 치기)이 없었으면 지금의 저도 없고 이 작고 예쁜 책도 없었겠지요. 언제나 모든 일은 서로 얽히고설키어 삶을 지탱하고 있는 것 같습니다.

　돌이켜볼 것도 없는 24살 인생인데 한 자씩 써내려 갈 때마다 삶을 돌이켜보게 됩니다. 4년이라는 시간 동안 가장 힘들고 고민도 많았던 대학교 3학년 때, 누구든 나에게 해줬으면 했던 말이 있었습니다.

　"잘하고 있다."

　대학교 3학년을 다니는 학생들의 모습은 여느 대학생들보다 다양합니다. 1, 2학년 때처럼 마냥 놀기엔 불안한 미래에 괜한 조바심이 나고 4학년들처럼 취업에만 몰두하기엔 아직은 놀고 싶은 철없는 나이니까요. 그래서 위로가 필요했고 확신이 필요했습니다. 돌아가려고 하니 멀리 와 있고, 당장 무엇인가를 시작하기는 늦은 것 같고 사회에 뛰어들기에는 덜 자란 어른아이. 그 무렵의 제가 그랬고, 제 친구들이 그랬습니다. 눈앞의 과제와 세상이 바라는 해야 할 일들과 내가 하고 싶은 일들 사이에서 끊임없이 번뇌하는 제2의 사춘기. 그래서 꼭 절벽에 몰려 무엇이든 선택해야 하는 궁지에 있는 것 같지만, 오히려 선택할 수 있는 수많은 기회 앞에 서 있다고 할 수 있습니다. 다만 그 기회를 두려워하지 않고 잡는 사람이 승자가 되는 아주 단순한 논리 앞에서 지레 겁먹고 손을 뻗지 못할 뿐이죠.

　하고 싶은 일을 하는 용기와 해야 할 일을 하는 책임감 앞에서 작아지지 마세요. 답은 간단합니다. 그대가 해야 할 일을 하고 싶은 일로 만들면 됩니다.

　이 책은 그대가 잘하고 있다는 격려와 그대도 할 수 있다는 용기를, 그대가 해야 할 일을 하고 싶은 일로 만드는 지혜를 주길 바랍니다.

　저에게 그 용기를 준 유승호 교수님과 지혜를 준 김남지 대표님, 무조건 내 편인 아빠와 정신적 지주인 나의 언니, 언제나 모자란 나에게 응원과 격려를 아끼지 않는 내 삶의 인연들에게 감사합니다.

#01 유난스러운 보라의 개강

오늘도 보라는 컴퓨터 앞에서 혼자 바쁘다.

'안녕하세요. 유난입니다.' 컴퓨터 속에는 보라 대신 유난이라는 블로거가 산다.

유난이 사는 곳은 '유난의 취미생활'이라는 한 블로그. 이곳에 유난의 일상이 고스란히 기록된다.

치약을 입에 가득 물고 화장실을 가던 소라가 모니터를 보고

"어지러운 니 방도 좀 올리지? 방은 사진 찍을 때만 정리하지?"

"언닌 뭘 몰라. 사람들이 내 더러운 방 꼴 보려고 여기 오는 줄 알아? 예쁘게 꾸며진 거 보고 자기도 꾸미려고 오는 거잖아."

보라는 아랑곳 하지 않고 블로그에 열심히 글을 올린다.

[조금 더럽지만 제 방이에요. ^^ 좀 치우고 찍었어야 하는데]

한 줄을 쓰고 나니 뒤통수가 따갑다.

"어우, 그러셨어요? 난 네 블로그 보는 게 제일 재미있더라. 나도 보라 말고 유난이랑 살고 싶다."

"아, 빨리 가던 길 가지? 왜 가만히 할 일 하는 사람한테 시비를 거나 몰라."

보라는 괜히 민망함에 언니의 등을 떠민다.

선물 주면서 블로그에 올리라고 할 때는 언제고. 내 블로그에 오는 사람들은 언니가 세상에서 제일 좋은 사람인 줄 안다고.

보라는 궁시렁거리다 다시 모니터에 집중한다. 사실 현실에서 누가 뭐라고 하든 상관없다. 어차피 이 블로그의 주인은 보라가 아니라 유난이니까.

'조금 더럽지만 제방이에요^^ 좀 치...'

'...딱딱딱딱딱딱'

[조금 더럽지만 제 방이에요.^^올린다고 열심히 치웠답니다.]

그래도 조금 솔직한 게 좋겠다 싶다.

보라가 블로그를 운영한 지도 언 1년이 다 돼간다. 처음엔 취미로 시작한 일이었는데 지금은 꽤 유명해져서 하루에 2천 명 정도 오는 나름 유명한 블로거가 되었다.

보라는 블로그를 찾는 방문자들에게 고맙기도 하지만 궁금하다. 뭘 보기 위해서 자신의 블로그에 오는 걸까? 그리고 왜 블로거들은 소소한 개인의 일상에 관심을 두는 그들에게 고마움을 느낄까? 보라는 어울리지 않는 고민을 하다 민정이의 쪽지 덕분에 간신히 정신을 차렸다.

[내일 수강신청이야. 시간표 다 짰어?]

[1주일 전부터 다 짜뒀지. 수강신청 망하면 내 인생도 망하는 거야.]

이것은 전혀 오버하는 것이 아니다. 3학년 수강신청은 그야말로 전쟁이다. 1, 4학년이 좋은 강좌는 다 물어가고 다음 날 그나마 남아있는 자리라도 건지려면 5분 안에 승부를 봐야 한다. 모니터 속 사각의 링 위에 8:00 종이 울리면 수강신청페이지는 허덕이다가 우리의 러쉬를 이기지 못하고 녹다운. 보라는 수강신청이 세상에서 가장 떨린다.

[저번 학기엔 PC방에서 하니까 잘되던데. 물어보니까 그것도 복불복이래.]

[난 이번에도 집에서 할 거야. 저번에 사이버강좌 물었을 때 쾌감을 잊을 수 없어.]

전쟁에 이기기 위해 전쟁터에 가장 좋은 총을 가지고 간다면 수강신청에는 컴퓨터를 잘 선택하는 것이 승부를 좌우한다. 여기에는 몇 가지 전설처럼 내려오는 이야기들이 있는데,

첫째, 최고사양을 갖춘 컴퓨터만 구성된 PC방에 가면 성공할 확률이 높지만 사람이 많으면 오히려 쪽박 찬다.

두 번째, 인터넷만 겨우 되는 컴퓨터로 하면 오히려 잘된다.

세 번째, 최고의 조건에서도 운이 없으면 오류가 날 수 있다.

즉, 수강신청은 어디서 하든 복불복이라는 것이다.

그래서 보라는 편하게 7시 50분에 눈을 뜨고 편안히 집에서 수강신청을 한다. 지금까지 타율은? 5할은 했다! 지난 학기 사이버강좌를 문 것은 우리

학번 중에 보라가 유일했으니 말이다.

[내일을 위해 난 일찍 자야겠어. 방학 중에 8시에 일어나 본 기억이 없어.]

[난 밤새고 하려고. 늦잠 자는 것보다 백배 낫지.]

수강신청 전날엔 일찍 자거나 안 자거나 둘 중 하나다. 보라는 알람을 10개 정도 맞춰놓고 공들여 짠 시간표를 머리맡에 두고서 잠이 들었다.

'삐비비빅 삐비비빅 삐비비빅'

'탁!'

"야 전보라! 옆집까지 깨겠다. 알람을 도대체 몇 개를 맞춰 놓은 거야?"

"……응?"

이거 꿈인가? 나 오늘 뭔가 되게 중요한 일을 하기로 돼 있었던 것 같은데… 뭐였지?

"어후, 침 봐. 빨리 일어나. 오늘 수강신청이라며."

"아, 맞다! 언니, 컴퓨터 켜!"

수강신청. 살면서 수천만 번의 클릭질을 해왔지만 지금 이 순간은 진정 내 인생 가장 중요한 클릭질이다. 절대 한 학기를 망칠 수 없다! 시계는 7시 57분. 30분에 일어나 여유롭게 준비하려던 보라의 계획은 처참히 무너졌다. 하지만 8시가 넘지 않은 것에 감사하며 얼른 수강신청 페이지로 들어갔다. 시계는 59분을 가리켰고 보라는 얼른 머리맡에 두었던 종이를 펴보았다.

아뿔싸! 긴장돼서 잠이 안 온다고 시간표를 보고 또 보고 하다가 품고 잤는지 보라의 타액이 멋진 그러데이션을 그려놓았다.

"자, 긴장하지 말자. 수도 없이 본 시간표야."

보라는 애써 마음을 가다듬고 학번과 주민번호 뒷자리를 쳐놓고 로그인에 마우스를 가져다 댔다. 대망의 첫 클릭이 10초밖에 남지 않았다. 보라는 마른 침을 삼켰다.

7:79:57, 7:79:58, 7:79:59, 8:00:00!

'딱!' 다행히 로그인이되었다. 로그인만 성공해도 반은 성공한 셈! 보라는 불꽃같이 가장 듣고 싶었던 사이버 강좌 이름을 쳤다.

'수강인원 30, 신청인원: 30'

"젠장."

보라는 두 번째로 듣고 싶던 강의를 검색창에 쓰기 시작했다.

'디자인...'

'페이지 창을 연결할 수 없습니다.'

"뭐야!"

하늘이시여, 저에게 왜 이런 시련을 주시나이까?

보라는 새로고침을 게임할 때 적을 공격하던 속도로 눌러댔다. 하지만 여전히 보라의 컴퓨터는 페이지를 찾지 못했다.

"어? 미안."

손은 쉬지 않은 채 고개만 돌렸을 때 소라의 손에는 인터넷 선이 들려 있었고 소라는 보라의 눈치를 슬그머니 보더니 다시 끼워놓았다. 보라는 이 페이지가 아니라 언니를 새로 고치고 싶은 순간이었다. 이미 훌쩍 지난 5분 동안 수많은 그녀의 경쟁자들이 좋은 강좌를 턱턱 물어갔겠지.

그 강좌들이 소라의 덕분인 줄 그들은 알까? 보라는 힘없이 로그인했고 꼭 들어야 하는 전필과 전선부터 신청을 했다. 그리고 혹시나 해서 1순위부터 순서대로 검색창에 쳐 보았으나 일찍 일어나는 새가 좋은 강의를 무는 진리는 변함이 없었다. 소라만 아니었으면 그녀도 공강을 만들 수 있었다. 꿀 같은 월요일 공강을! 그러다 흥건한 침 자국 뒤에 보라가 까먹고 있던 강의의 이름이 보였다.

'무하아 사사려'

이게 뭐지? 아랍어 같기도 하고.

약간의 추리 끝에 보라는 어렴풋이 한 강의가 기억이 났다. 친구들과 시간표를 짤 때 강의계획서가 없어서 복불복이라던 강의였다. 친구들의 추리는 얼마나 어려운 걸 하려고 강의계획서를 안 냈을까, 혹은 교수님 바쁘시더니 강의계획서도 못 쓰셨나 보다. 이 두 가지였다. 바로 우리 과 한승복 교수님의 문화와 상상력이라는 강좌. 보라는 이름이 마음에 들어 한쪽 귀퉁이에 써놨었는데 남은 학점을 채우려면 이거라도 들어야겠다 싶어 검색을 해보았다.

'수강인원: 20명 신청인원: 19명'

보라는 한자리만 남은 걸 확인하자마자 얼른 수강신청을 눌렀고 수강신청이 완료되었다는 알림 창을 확인했다. 한승복 교수는 타과생들에게도 인기가 많아 금방 수강신청이 차서 별명도 '품절남' 인 젊은 교수다. 이번에는 강의계획서가 없어서인가? 웬일로 한자리가 남아있었다. 그녀는 월요일 공강이 없어진 것이 슬펐지만 겨우 학점을 채울 수 있어 다행이라는 생각을 하며 수강신청 동향을 살피기 위해 메신저에 접속했다.

수강신청이 대충 끝나는 8:20분쯤 메신저에 들어가면 기이한 현상을 발견할 수 있다.

이른 시간임에도 엄청난 접속자 수와 대화명이 한결같이 수강신청에 관한 이야기이다. 대부분은 (수강신청 망함)이고 간간이 (이번 학기 편하겠구나),(아싸. 사이버강좌 2개 건짐) 등 수강신청에 패배한 자들을 약 올리는 몇몇 대화명도 보인다. 보라도 얼른 대화명을 바꿨다.

내가 뭘 잘못했니?

보라가 대화명을 바꾸자마자 각종 쪽지가 스팸메일처럼 연달아 날아온다.

[나 월요일 공강이다. 너 공강 언제야?]

[나도 완전 망했어. PC방 갈 걸 그랬나 봐]

[뭐 뭐 신청했어? 나 사이버강좌 건짐]

[ㅋㅋㅋㅋㅋㅋㅋㅋㅋㅋㅋㅋㅋㅋㅋㅋㅋ]

어떤 대답을 해야 할까? 알람 10개를 맞춰놓고 못 들은 것부터 시작해야 할까, 뽑혀버린 인터넷 선부터 말해야 할까. 대체 운명의 여신은 왜 나의 손을 들어주지 않은 걸까!

그녀는 한숨만 쉬고 그대로 메신저를 닫아버렸다. 괜히 억울해졌다. 왠지 남들은 화요일부터 학교를 나가는데 나만 월요일 아침 10시부터 학교를 나가는 것 같다. 게다가 그 수업은 대체 뭘 할지 감도 안 잡히는 수업이라는 거다. 정말 너무 어려워서 신청 안 할까 봐 강의 계획서를 안 쓰신 건가?

8시 36분.

그녀는 모니터 앞에서 벙찐 채 꽉꽉 찬 시간표만 뚫어져라 보고 있었다. 옹골차게 들어찬 월요일 10시 수업도 뻥 뚫리길 바라면서.

믿을 수 없다. 1주일이라는 시간이 게 눈 감추듯 사라져 내일이면 개강이다. 아, 아니다. 내일모레가 개강인 사람도 많겠지. 내일 오후부터 하루를 시작하는 사람도 있겠지. 하지만 누군가는 아침 10시부터 그 갑갑하고 회색빛이 찬란한 교실에 갇혀있어야 한다니. 그리고 그 누군가가 자신이라는 생각에 보라는 괜히 밖에서 깔깔거리며 TV를 보는 소라가 얄미워진다.

소라는 간호과를 졸업하고 2년 정도 병원에 근무하다 병원을 옮긴다고 그만두고 한 달째 백조생활 중이다.

저렇게 퍼질러져 있어도 1주일만 찾아보면 떡 하니 직장이 나오고 경력직으로 들어가 월급도 꽤 많이 받는다니 전문직이라는 게 좋긴 하다. 누구는 스펙인지 스팸인지를 쌓겠다고 벌벌 거리는 데.

……근데, 전문직이면 동생 수강신청 망쳐도 되냐고! 나 골탕먹이는 게 언니의 오랜 전문인걸.

보라는 줄곧 쫓겨나는 것도 아닌데 괜히 심통이 나 있다.

"아빠, 나 오늘 올라가요. 내일 아침 10시부터 수업 있어."

누구 들으라고 10시를 강조해보지만 꿈쩍도 안 하고 TV 시청에 몰두하는 퍼진 백조.

"10시부터 수업이야? 그럼 좀 일찍 올라가지. 짐은 어떻게 하려고?"

"다 싸놨으니까 택배로 보내줘. 간단한 짐은 내가 들고 갈게."

보라의 집은 학교가 있는 춘천에서 4시간 정도 떨어진 곳이다. 그러다 보니 보라는 자연스럽게 1학년 때부터 자취를 시작했다. 자연스럽게 라는 건 자의 반 타의 반으로 들어간 기숙사가 마음에 안 들어 벌점을 조작하고 아빠와 언니가 모르게 자연스럽게 자취를 하게 됐다는 것을 말한다. 잘 모르는 사람들과 아침저녁으로 마주치고 때가 아니면 밥을 안 주는 기숙사는 영 보라의 취향이 아니었다. 사실이든 조작이든 벌점 때문에 시작한 자취라 방값과 공과금은 아르바이트비로 내고 있는 나름 기특한 딸이다. 덕분에 보라의 대학생활은 매우 바쁘고 바빴다.

"언니, 병원은 언제 가는데? 오라는 데는 있어?"

"걱정이야, 비꼬는 거야? 이 몸 오라는 데가 많아서 걱정이거든? 1주일

정도만 더 쉬고 알아보려고."

"쉬는 중에도 그런 거만 봐? 으으, 다시 병원 가면 만날 볼 텐데."

소라는 고등학교 때도 머리 식힌다고 골라보는 드라마마다 죄다 배 째고 피 터지는 범죄드라마나 의학드라마, 그것도 19금 딱지가 붙어 나오는 것들로만 골라서 보더니 진짜 그 현장에서 일을 한다. 보라는 소리만 들어도 소름 끼치는데 그러고 보면 천직인가 싶다.

"시비 걸고 싶어, 동생? 즐거운 개강이 내일인데 좀 웃어. 언니 덕분에 월요일 아침부터 상쾌하게 수업 시작하고 좋잖아? 감사히 생각해라."

"암요암요, 고마워 죽겠어. 월요일 아침마다 눈뜨면서 언니 생각할게."

이렇게 붙어있으면 서로 못 잡아먹어서 안달인데 떨어져 있으면 뭐가 그렇게 애틋해지는지. 이제 개강하고 소라가 다시 일을 시작하면 한 달에 한 번도 볼까 말까라 둘은 이렇게 티격태격하는데도 괜히 아쉽고 웃음이 난다.

5시 27분, 막차를 타고 춘천으로 올라가는 길. 보라는 이 버스만 타면 작은 설렘을 느낀다. 시골에 작은 동네에서 어린 시절을 보내고 더 큰 곳, 더 넓은 곳을 동경하던 보라에게 춘천이라는 도시는 서울하고 고작 1시간, 웬만한 프랜차이즈 업체는 다 들어와 있는 아주 큰 대도시였다. 보라에게 도시의 기준은 우리 동네에 없던 맥도날드가 있느냐 없느냐로 판가름날 정도였으니까. 그런 맥도날드가 하나도 아니고 동네마다 있는 곳에 내 자리를 만들며 산다는 것이 그녀에게겐 큰 도전이자 꿈이었다.

학교에 면접을 보러 왔을 때 면접관이 물었다.

"삼척에도 비슷한 과가 있는데 왜 굳이 춘천에 지원했니?"

그때 보라는 망설임 없이

"삼척보다 춘천이 더 대도시잖아요."라고 대답했다.

그게 그녀가 춘천에 온 가장 큰 이유였으니까. 지금 생각하면 정말 시골 촌뜨기다운 대답이고 철없이 귀엽기까지 하다. 그때의 설렘이 아직도 남아 있는지 그녀는 월요일 수업에 대한 걱정도 잊은 채 그때의 기분에 젖었다.

퀴퀴한 곰팡이 냄새가 자취방 문틈으로 기어 나와 그녀를 반겼다. 자취 3년 차지만 이 냄새는 도저히 적응이 안 된다. 이번 여름은 해가 나는 날을 손에 꼽을 정도로 비가 많이 왔다. 그 덕에 집에는 곰팡이라는 새로운 생명체가 자라났고 그 푸른 생명은 그녀의 옷과 가구와 벽에 피어났다. 곰팡이가 한 번 피면 잘 사라지지 않아서 옷이며 가구며 반은 버린 것 같다. 아직도 눈만 돌리면 벽에 폈던 곰팡이 자국들이 눈살을 찌푸리게 한다.

생각해보면 그녀는 물과 인연이 오지게 없다. 우선 보라는 수영을 할 줄 모른다. 튜브나 구명조끼가 없으면 단전 위로 물이 올라오는 깊이에는 절대 갈 수 없다. 물 공포증은 극에 달해 어렸을 때는 대중탕에 냉탕도 못 들어갔고 무섭다고 튜브를 두 개나 끼고 강에서 놀다가 튜브 속으로 쏙 빠져서 물을 실컷 먹은 적도 있다. 게다가 그녀는 물 알레르기도 있다. 정확한 명칭은 모르겠지만 물에 들어가서 30분 정도 놀다 보면, 정확히 말하면 슬슬 추워지면 온몸에 모기가 물린 듯이 두드러기가 난다. 그래서 딱 재미있을 때 혼자 밖에 나와서 타올을 덮고 친구들이 노는 걸 지켜봐야 했다.

그녀와 물의 악연은 그녀의 생존까지 위협했다.

그녀가 중학교 입학했던 해 하늘에 구멍이 뚫린 듯이 비가 왔다. 때는 2002년. 아직도 달아올라 있는 월드컵의 열기를 루사라는 이름의 태풍이 깨끗이 씻어주다 못해 2002년은 월드컵의 해가 아니라 루사의 해로 기억하게 만들었다. 비가 많이 오는 장마철이었고 그날도 그냥 비가 많이 오는 정도로만 생각했다. 학교에서 점심을 먹고 빗줄기는 더욱 세지더니 선생님이 오늘은 단축수업을 한다고 집에 조심히 가라고 하셨다. 그녀와 친구들은 그저 신나서 신발이 젖는지도 모르고 집으로 뛰어갔다.

가족들과 TV를 보는데 어느 채널을 틀어도 태풍 루사에 관한 이야기만 나오고 뉴스에서 익숙한 지명들이 나왔고 그때까지도 그녀와 소라는 재밌는 게 안 나온다고 투덜거리기만 했다. 그러고 얼마나 지났을까? 아버지가 비옷만 걸치고 발목까지 물이 찬 앞마당을 지나 강가로 나가보시더니 얼른 나가서 도망가야 한다고 소리를 치셨다. 창 밖을 보니 빗줄기는 더욱 강해져 눈도 뜰 수 없는 상황이었고 두 자매는 영문도 모른 채 가장 후줄근한 옷을 입고 소라는 키우던 강아지 화니를, 보라는 아무것도 챙기지 못한 채 밖으로 나왔다. 그때 이미 물은 무릎까지 차올라서 방안에 들어오기 일보 직전이었다. 그 와중에 철없는 소라는 논에 자기 슬리퍼가 빠졌다며 빈손이던 보라를 보고 슬리퍼 하나를 더 챙기러 집에 들어갔다 오라고 했다. 지금 생각하면 정말 어처구니없는 이야기인데 당시 언니에게 순종적이었던 그녀는 논을 헤치고 현관에 널브러진 언니의 슬리퍼를 챙겼었다.

생각해보니 이 언니 도움 되는 게 없다. 어떻게 그 상황에서 자기 내일 신을 신발 없다고 다시 집에 갔다 오라고 한단 말인가! 그걸 끄덕이면서 갔다 온 나는 또 뭐고.

보라는 그 일만 생각하면 아찔하면서도 웃음이 난다.

다음 날 비가 언제 왔냐는 듯이 그치고 둑을 따라 집에 가보았을 때 소라는 그녀 덕분에 슬리퍼를 신고 있었다. 사실 바닷가 쪽 아버지의 친구댁으로 피신을 가면서도 그녀는 이게 상황이 무슨 상황인가 싶었다. 빗물은 이미 다리를 넘어섰고 아마 5분만 늦었어도 집에 갇혀서 어떻게 될지 모르는 상황이었는데 어린 그녀는 그저 밖의 풍경이 신기했고 바퀴 때문에 창문에 튀어오르는 흙탕물이 재미있었다.

그리고 선생님께

"저희 집에 물이 들어와서 내일 학교에 못 가요."

하는 순간 집에 있는 모든 물건들과 사진, 교복들이 생각나면서 지금도 무섭게 퍼붓는 비에 옆집 할머니를 챙기신다고 남은 아빠가 걱정되고 눈물이 왈칵 쏟아졌다. 그때야 비로소 실감이 난 것이다.

항상 믿을 수 없는 사실은 스스로 입으로 말할 때 오롯이 실감이 난다. 생각해보니 5년 뒤 매일 살을 비비며 함께 하던 할머니께서 돌아가셨을 때, 그때도 그랬다. 숨을 거두시고 응급차 안에서 흰 천에 덮인 할머니를 보고서도 눈물이 나지 않았는데 장례식 때문에 학교에 전화를 드리는 순간 펑하고 눈물이 났으니 말이다.

루사 때 강수량은 시간당 1,000mm에 달했고 그녀의 집에는 어깨까지 물이 찼다. 그 물이 한꺼번에 빠지면서 가구가 다 넘어가고 단 하나도 건질 것이 없었다. 당시 수해 입은 가구 중에 수해 정도가 아주 심한 축에 속했고 집을 복구하기까지 2달이 넘게 걸렸다. 그때 받은 수해보상금은 200만 원. 지붕부터 도배와 장판, 모든 가구와 전자제품까지 다 사야 했던 그들에게는 턱없이 부족한 돈이었다. 그렇게 2달 동안 시멘트바닥에 돗자리를 깔고 자고 구호식품으로 온 초코파이로 끼니를 때우면서 그 와중에 그녀는 아폴로 눈병까지 옮아와 갖은 고생은 다 하면서 집을 복구했다.

그렇게 한 번 수해를 입고 난 후 그들은 비가 조금만 많이 와도 짐부터 싸는 습관까지 생겼다. 한두 번 짐을 싸다 보니 수해대비 짐 싸기 노하우까지 생겼다. 우선 비가 오기만 해도 TV를 켜고 오로지 뉴스속보만 틀어놓고 촛불과 라디오를 꺼냈고 비가 평소보다 많이 온다 싶으면 누가 먼저랄 것도 없이 무거운 것들을 가구 위로 올려 가구를 고정시키고 옷을 천에 싸서 차곡차곡 쌓아 놓았다.

그 짓을 비가 올 때마다 꼬박 1년을 했고 그 결과 1년 후에 매미로 집에 물이 들었을 때는 오늘이구나 싶어 아주 여유롭게 짐을 싸놓고 다락방에 올라가 물이 들어오기를 기다렸다. 매미는 루사보다 강력하지 않아 발목 정도까지만 차올랐다. 그 물도 비가 그치면서 조용히 빠져나갔다. 소라와 보라는 다락방에서 휴대폰만 만지작거리면서 친구들과 연락하기 바빴고 아버지는 다락방에 올라오지 않으시고 1년 전에 비해 많이 큰 화니에게 간식을 주면서 여유롭게 라디오를 들으셨다. 이처럼 수해를 겸허히 받아들이는 가족이 또 있을까?

2번의 수해는 이제 무용담이 되었지만 그녀에게 물에 대한 트라우마를 남겼다. 그 후로도 여전히 비가 많이 오면 괜히 마음이 불안하고 언제든 물이 집안으로 들어올 것 같은 공포를 느낀다. 그 공포는 단순한 물질적 피해를 넘어서 수영을 할 줄 모르는 그녀에게는 생명의 위협까지 느끼게 하는 강력한 공포다. 거기에 이제 곰팡이의 습격까지 받았으니 먹구름만 봐도 스트레스를 받는다. 남들은 비 오면 막걸리에 파전이 생각난다는데 보라는 곰팡이와 수해가 생각나니 조금 슬프기까지 하다.

집에서 가져온 반찬거리를 냉장고에 정리하면서 진정한 그녀의 개강준비가 시작되었다. 자취를 시작하고 집에만 내려가면 먹을거리며 가전제품이며 하나둘씩 챙겨오는 버릇이 생겨서 항상 짐이 한가득 이다. 그냥 춘천에서 사도 될 것들도 삼척에서 산 다음 바리바리 싸서 올라온다. 아빠는 그냥 용돈 보내줄 테니 춘천에서 사라고 하지만 춘천에서 혼자 마트에 가면 사야 하는 것도 맘 편히 못 사고 알뜰코너만 기웃거리면서 유통기한이 얼마 안 남거나 상처 난 과일들만 집어오며 궁상을 떤다. 그러니 짐이 좀 무거워도 맘 편히 아빠랑 장 보는 게 훨씬 즐겁다.

그 덕에 아버지는 보라가 내려올 때마다 장 보러 가자는 말을 꺼낼까봐 뭔가 불안해하시고 가끔은 보라가 오기 전에 미리 장을 봐두는 지혜도 발휘하곤 하신다. 가득 찬 냉장고를 보니 그녀는 기분이 한결 나아졌다.

2학기를 맞이하는 역사적인 첫날을 위해 어떤 옷을 입을지 한참을 고민하다 얼마 전 구입한 하늘색 원피스로 정했다. 여성스러우면서도 너무 과하지 않고 캐주얼해 보이는 색감이 선선한 가을 날씨와 함께 산뜻하게 새 학기를 맞이할 수 있을 것 같다. 높은 힐 대신에 하얀 옥스퍼드 슈즈를 꺼내 놓고 빳빳한 새 공책을 가방에 챙겨두는 것으로 그녀의 개강준비는 완벽히 끝이 났다. 1학년 새내기처럼 유난스럽게 개강준비를 하고 평소보다 일찍 잠자리에 들었다. 정확히 8시간 후, 그녀의 2학기가 시작된다.

약간의 설렘으로 잠을 설쳤던 탓일까? 평소보다 1시간이나 일찍 일어나서 여유롭게 학교 갈 준비를 했다. 어제 만반의 준비를 해 놓은 덕에 시간이 많이 남아서 아침밥도 든든하게 챙겨 먹고 40분쯤 학교로 향했다.

"선배님, 안녕하세요."

학과 건물에 도착하니 방학 동안 미니홈피로만 안부를 묻던 후배들이 하나둘씩 보인다.

"응, 방학 잘 보냈어? 너희도 10시 수업이야?"

"네, 대중문화연구 들어요. 선배님께서도 수업이세요?"

"어쩌다 보니. 월요일 아침부터 수업 듣는 게 진정한 대학생활이야. 아주 바람직해."

보라는 자신 말고도 월요일 아침 수업을 듣는 사람이 존재한다는 사실을 확인하고 나니 조금 억울했던 마음이 풀렸다.

그래, 이 수업도 듣고 싶었던 수업이고 인기도 많은 수업인데 단지 월요일 아침에 할 뿐이야. 월요일 아침이면 또 어때? 훨씬 일주일을 길게 쓰고 더 활동적이고 능동적인 대학생활을 즐길 수 있을 거야.

그녀는 끊임없는 자기 합리화로 심리상태를 정돈시켰다. 2학년 때 들었던 심리학과 수업에 자기 합리화는 생존 본능이고 정신적으로 지극히 정상적이며 자기비하보다 훨씬 정신적으로 건강한 정신상태라고 배웠다. 흔히 성공한 사람들이 '긍정적으로 생각하세요.', '실패를 두려워하지 마세요.'라고 말하는데 그것도 어떻게 보면 자기 합리화의 한 부분이라고 생각한다. 부정적인 상황도 긍정적으로 해석하면서 난 괜찮아, 난 잘 될 거야, 내 잘못이 아니야. 라고 끊임없는 자기 합리화를 통해 그 상황을 극복하는 것이니까. 이건 정말 변명이 아니라 과학적인 근거가 있는 이야기이다.

일찍 도착해서 아무도 없는 교실에 자리를 잡고 수업을 같이 듣는 소연이를 기다리고 있었다.

"저기, 너 문화와 상상력 수업 듣는 거니?"

"네, 맞는데 누구?"

어딘가 익숙한 얼굴인데 도저히 생각이 안 나는 이 사람.

"……아! 죄송해요, 선배님."

민준이었다. 사람 얼굴을 잘 까먹지 않는 보라조차도 한 번 보고는 절대 기억할 수 없는 절대적 평범한 얼굴의 소유자. 학과에서 4년 연속 과탑을 놓친 적이 없는 전설적 인물임에도 학과 사람들 이름을 댈 때 가장 나중에 생각나거나 전혀 생각도 나지 않는 존재감 0%의 아웃사이더. 3학년인 보라도 이렇게 겨우 기억해 내는 이름이다. 하지만 아무리 아웃사이더더라도 면전에 대고 선배님에게 누구냐고 물어보다니!

"안녕하세요! 저 이 수업 듣습니다. 뭐 부탁하실 거……."

"내가 이 수업 조교인데 교수님 10분 늦으신다고 칠판에 좀 써주라."

그러나 민준은 표정에 어떤 움직임도 없이 용건만 말하고 빠르지만 바쁘지 않은 걸음으로 마치 축지법을 쓰듯이 강의실을 빠져나갔다.

"아, 네."

뻘쭘한 보라의 대답은 허공에 흩어지고 심심한 틈에 잘 됐다 싶어 칠판에 정성 들여 메모를 남겼다.

하나둘씩 사람들이 도착하고 오랜만에 보는 얼굴들이 서로 반가워서 금세 교실은 도떼기시장처럼 시끌벅적해졌다.

"나 이 수업 완전 기대되. 교수님 완전 멋있지 않아?"

한승복 교수 수업이라면 학년을 가리지 않고 듣는 열혈 팬 슬아는 노트에 '한승복 교수님♥'라고 정성스럽게 써놓고 맨 앞자리를 사수했다.

"기대되는 이유가 교수님이 멋있어서야? 참 너답다. 난 이상하면 바로 바꿀 거야. 우리부터 생긴 수업이라 아무 정보도 없는데 강의 계획서도 없고 완전 미스터리잖아."

명선이 텅 빈 강의 계획서를 보며 되받아 친다.

"네가 감히 교수님 수업을 맛보기로 들어보고 맘에 안 든다고 바꾼다고? 학생으로서 그러는 거 아니야. 내가 다 자존심이 상한다."

슬아는 흥분한 어조로 한 교수를 감싼다. 보라도 속으로는 명선의 말에 동감하지만 생각해보면 자존심이 상할 수도 있겠다 싶다. 어떤 교수님 수업은 5분이면 꽉 차는데 어떤 수업은 수강신청자가 없어서 폐강되기도 하니까. 괜히 1학기 때 변경했던 수업의 교수님들께 미안해졌다.

“아, 미안해요, 미안해요. 월요일 아침이라고 차가 막히네.”

한눈에 봐도 멋진 스카프를 풀며 교수님이 들어오셨다.

“개강 첫날 수업치고 너무 위험부담이 큰 수업 아니었나? 너네 강의계획표는 다 봤어? 그건 그렇고, 내 이름은 알고 신청했겠지? 앞으로는 Mr.한, 한 교수님이라고 불러요. 알겠지? 너네 편하라고 그러는 거야.”

10시 09분. 한승복 교수의 요란한 등장으로 수업이 시작되었다.

#02 공감형 인간(Homo Empathicus)

"너희 제일 좋아하는 알파벳이 뭐니?"

한 교수의 첫 질문이었다.

"전 A가 좋아요, ace도 A로 시작하고 학점도 A가 좋잖아요."

과탑은 아니지만 수업시간마다 대답을 잘해서 교수님들의 예쁨을 독차지

하는 영혜의 대답이었다. 모두 고개를 끄덕였다.

한 교수와 눈이 마주친 수현은 1초 정도 생각하고 대답했다.

"전 S요. 제 이니셜에 S가 두 번 나오거든요."

"아, 완전 성의 없어. 네가 제일 많이 하는 욕에 S가 많이 들어가서는 아니

고?"

"S 좀 남발해주리?"

수현의 대답에 괜히 시비를 거는 소연이다. 둘은 못 잡아먹어서 안달이지만

죽이 잘 맞는다.

"음, 모두 좋은 대답이야. T를 좋아하는 사람은 없니? 난 너희 나이 때 T를 가장 좋아했거든."

한 교수는 의미심장한 표정으로 칠판에 크게 T를 그렸다. 보라는 속으로 자기가 좋아하는 이니셜이 무엇인지 쓸데없는 고민을 하느라 수업에 집중하지 못했다.

J도 좋지만 A보다 높은 점수를 줄 때 S를 쓰고 Y는 why라는 의미도 돼서 왠지 매력적이어 보이고...

"앞으로 내가 해줄 이야기들은 아주 고전적인 이야기야. 너희 빼고 웬만한 사람은 다 아는 이야기라는 거지. 지금 내가 이 이야기를 수업시간에 한다는 걸 알면 혹자들은 그게 언제 적 이야기냐고 손사래를 칠지도 몰라."

아, 난 개인적으로는 B도 좋아하는데. 내 영어이름도 Benny잖아. 그럼 난 B를 좋아하는 건가?

"하지만 이 수업은 이번 학기가 마지막이고 너넨 내 모든 이야기를 너희 후배들에게 구비 전승할 의무가 있어. 좋은 이야기일수록 인구에 회자되어야 제 맛이지. 좋은 이야기들은 사람들이 얘기하지 않는다고 해서 없어지는 게 아니고 중요하지 않은 게 아니야."

그래, 내가 좋아하는 이니셜은 B로 해야지. 모양도 예쁘고 말할 때 입 모양도 예쁘니까.

"전보라? 보라학생은 어떤 인간이 되고 싶지?"

"B!"

갑작스러운 한 교수의 질문에 아직도 이니셜 속에서 허우적대던 보라는 자신도 모르게 B라고 외쳤다.

"비? 가수 비 말하는 거야?"

교실은 순식간에 웃음바다가 되었고 보라는 얼굴이 달아올랐다.

"네? 아뇨. 비처럼 유명해지고 성공한 사람이 되고 싶어서요."

보라는 겨우 대답을 하고 노트에 써진 수많은 B를 보며 한숨을 쉬었다.

"그것도 좋지. 나는 너희가 이 'T' 같은 사람이 되길 바래."

학생들은 침묵했다. 당연히 무슨 소린지 모르니 대답을 할 수도 없었다,

"T자형 인간이라는 말은 생소하지만 '한우물을 파라' 라는 속담은 다들 익숙하지? 여기서 한 우물은 세로로 그어진 선을 뜻해. 그럼 이 가로선은 뭘까?"

학생들은 조용히 한 교수의 강의에 점차 집중하기 시작했다.

"쉽게 말하면 세상의 모든 지식이고 구체적으로 말하면 너희가 알아야 할 지식이라고 할 수 있어. 횡적으로 많이 아는 것, 일반적으로 알아야 하는 상식 같은 거지. 그럼 세로 선은 뭘까?

바로 종적으로 한 분야를 깊이 있게 아는 것을 말해. 그 분야의 specialist

가 되는 거지. 이 두 개가 합쳐진다면? 바로 T자형 인간이 되는 거야. 옛날에야 한우물만 파는 I형 인간도 성공할 수 있었어. 각 분야의 전문가들이 적었으니까. 하지만 지금은 정말 세분화된 전문 분야에 각각의 specialist들이 존재해. 우리의 설 자리가 없다는 거야. 그러니 보다 다양한 지식을 섭렵하고 그중에 한 분야를 집중적으로 연구하는 T자형 인간이 되어야 더욱 발전된 인재상이 돼서 널리 쓰일 수 있어."

말하는 한 교수의 표정에도 지루함이 드리울 때쯤 보라의 눈에 졸고 있는 민준이 들어왔다.

민준이 수업시간에 존다는 사실은 보라의 잠을 달아나게 할 만큼 흥미로운 일이었다. 보라는 꽤 오랫동안 민준을 지켜보았다. 잠을 깨려고 허벅지를 볼펜으로 찌르기도 하고 볼을 꼬집어 보기도 하고 두꺼운 안경을 올리고 눈을 비비기도 하는 민준의 모습이 낯설면서도 낯익어서 꽤 신기했다.

조는 모습은 다 똑같네. 4년 연속 과탑은 졸 때도 불꽃 필기하는 줄 알았더니.

보라는 피식 웃음이 났다. 보라의 시선을 느낀 것인지 민준이 보라를 쳐다보았고 둘의 눈이 어색하게 마주쳤다. 하필 보라의 입꼬리가 미묘하게 올라간 그 시점에 말이다.

민준은 멋쩍은 듯 헛기침을 했고 보라는 누가 봐도 티 나게 고개를 푹 숙여버렸다. 민준은 민망함에, 보라는 미안함과 당혹스러움에 남들이 보면 은밀한 눈빛 교환이라도 한 듯 얼굴이 발개졌다.

"민준아, 과사무실 가서 프린트물 좀 복사해줄래?"

한 교수의 부탁에 민준은 허둥지둥 강의실을 빠져나갔고 보라도 안도의 한숨을 쉬었다.

"물론 이 이야기는 앞서 말했듯 많이 알려져 있어. 이 수업에서 처음 듣는 사람들은 반성 좀 하고? 하지만 T자형 인간을 이해해야 'E자형 인간(Homo Empathicus)'도 이해할 수 있어. 요즘에는 'E자형 인간'을 요구하는 곳이 점점 많아졌거든. 우리한텐 반가운 일이지."

"뭐 3분야를 파라, 이런 거 아니야?"

수현이 노트에 거꾸로 누운 E를 그리며 말했다.

"참 너 같은 생각이다. T형 F형 E형 이렇게 가는 거냐, 그럼?"

소연의 핀잔에도 수현은 아랑곳 않고

"그럴싸한데? 나처럼 창의적으로 좀 생각해봐. E를 눕힐 생각을 아무나 하는 줄 알아?"

"그래, 수현아. 그런 자세 좋다. 뒤집어보기! 근데 아쉽게도 틀렸어. 하지만 너의 창의적인 자세를 샘은 응원한다. 자, T에서 F 없이 E로 간다. 화살표하고. 너네 이런 거 필기해야 하는 거야."

뭔가 대단한 것을 알려준 마냥 어깨에 힘이 들어간 한 교수는 사실은 아주 신이 나 있었다. 그의 모습은 어린아이가 학교에서 배운 것을 엄마에게 말할 때처럼 조금은 급하고 흥분되어 있었다.

"왜 성적에는 A, B, C, D, F는 있는데 E는 없을까? 생각해본 적 있니?"

"어? 진짜 그러네. F 받을 때 충격 더 받으라고 그런 건가?"

보라는 또 공책에 알파벳 6개를 적고 끼적이기 시작했다.

A는 ace! 너는 이 반의 에이스다. *B는 best!* 너는 이번에 *best* 학생이었다. *C는 clear!* 겨우 이 수업을 마쳤다. *D는 do your best!* 더 열심히 노력해라. *E는……* 딱히 없네. *F는 fail*이겠고. 그래서 *E*가 없나?

"선생님 답은 뭐에요? 왜 E가 없어요?"

"너희가 목을 매는 학점에는 A B C D F는 있고, E가 없는 이유는 E는 공감형 인간, Homo Empathicus가 되어서 감정을 가지고는 경쟁하지 말고 공감하라는 뜻이야. 어떤 사람의 감정은 A 학점이고 누구는 F 학점이고, 이런 게 없거든. 감정은 그 감정 그대로 가치가 있어. 그걸 충분히 공감해주고 이끌어주는 공감형 인재가 필요해. 그게 바로 시대가 원하는 인재상이고 우리는 충분히 그런 인재가 될 수 있어. 자, 공감하는 사람 손!"

다들 자신이 공감형 인재라는 듯 E자를 만들어 손을 들었다. 시간이 지날수록 그의 수업에 학생들은 조금씩 동요하기 시작했다.

"너희는 스스로가 성공할 거라고 생각하니?"

한 교수는 또 다시 학생들에게 물었다. 그 누구도 선뜻 대답하기 어려운 질문이었다.

"어때? 이제 4학년이 코앞인데 성공에 대해 자신할 수 있는 사람?"

4학년이라는 말에 다들 한숨만 쉬며 준비되지 않은 자신을 위로하듯 차마

들지 못하는 손을 매만졌다. 하지만 보라가 손을 잡고 있는 이유는 달랐다. 손을 들고 싶지만 손을 들었다간 질문공세를 당할 게 뻔해 행여 자신의 손이 스스로 솟구칠까 손을 잡고 있는 것이었다. 보라는 태어날 때부터 성공할 거라고 믿고 있는 사람처럼 굳게 스스로의 성공을 자신했기 때문이다. 남들보다 토익점수가 높기는커녕 입학할 때 보는 모의 토익 말고는 토익을 본 적도 없고 운전면허도 따놓지 않은 남들이 말하는 스펙은 전혀 쌓아 놓지 않은 보라지만 막연한 자신감이 있었다.

"정말 없어? 스스로 그만한 자신감도 없단 말이야? 이거 실망인데."
한 교수의 되물음에 보라의 손이 솟구치고야 말았다.

"그렇지! 전보라 학생인가? 뭘 믿고 성공할 거란거지?"
그럼 그렇지. 이 질문이 나올 줄 알았다. 이렇게 당당히 손을 드는 데는 그만한 근거가 있는 것이 상식적인 것이다. 보라는 그 상식을 벗어났다.

"아, 그냥……. 어렸을 때부터 그렇게 생각했어요. 제가 하는 일들이 직접적이진 않아도 어떻게든 저를 성공하게 만들어 줄 것 같아서요."

"정확히 하고 있는 일들이 뭐지?"
한 교수의 눈빛이 조금 날카로워졌다.

"네? 그냥 토익 공부도 하고 자격증도 딸 거고 블… 아무튼 이것저것이요."
분명 보라는 토익공부나 자격증보다는 블로그나 다른 대외활동에 관심이 많지만 이 상황에서 그런 말을 했다가는 웃음거리가 될 게 뻔해서 가장 상식적인 대답으로 위기를 모면했다.

"많이들 하는 스펙 쌓기 구만. 아무튼 용기 있게 손을 들어줘서 고맙네."

보라의 대답이 시원치 않은 듯 한 교수는 계속 이야기를 이어갔다.

"사실 성공이라는 건 많은 조건이 필요해. 어느 정도 자본도 있어야 하고 지식도 있어야 하고 경험도 많으면 좋지. 하지만 가장 중요한 건 믿음이야. 스스로가 성공할 것이라고 믿는 사람만이 성공할 수 있어. 그런데 많은 사람들이 이걸 간과하고 있지."

한 교수는 조금 더 단호한 목소리로 이야기를 이어갔다. 프린트물을 모두 복사해온 민준이 자리에 앉기 위해 의자를 끄는 것조차 부담스러울 만큼 진지한 분위기였다.

"너희가 지금 토익 점수를 1점 더 올리고, 자격증을 하나 더 따는 것보다 중요한 거야. 나 자신을 믿는 것. 이건 어떤 조건도 필요하지 않아. 너희 토익점수가 신발사이즈건 키건 몸무게건, 자격증이 하나도 없건 말이야. 그냥 너희가 믿기만 하면 돼. 이게 너희 성공을 위한 가장 중요한 첫걸음이야. 그러니까 보라는 너희보다 한걸음 앞서 있는 거지."

다들 보라를 부러운 눈빛으로 쳐다보았다. 게 중에는 의아한 눈빛과 흘겨보는 눈빛도 섞여 있었고 보라는 적당한 학점, 아직도 잊히지 않는 1학년 모의 토익 점수 370점, 그리고 저번 달에 떨어진 워드 1급 실기 시험을 들킨 기분이었다. 분명 칭찬을 받고 있지만 오히려 부끄러웠다.

괜히 손들었어. 여기 선배님들도 있는데 무슨 낯짝으로 니가 손을 드니? 너 정말 뻔뻔하다 전보라. 내가 오늘부터 중도에 출근 도장 찍고 다음 달에는 꼭 토익을 보고 만다!

보라는 속으로 매 학기 시작과 끝에 했던 다짐을 또 한다. 매번 수포로 돌아갔지만 오늘은 남다른 다짐이다. 보라는 시선을 어디다 둘 줄 모르고 멋쩍게 웃으며 어서 자신에게 쏠린 시선이 누군가에게 돌아가기만을 기다리고 있었다.

"으음, 교수님 프린트물 가져왔습니다."

이 순간 정적을 깨며 보라를 구해준 것은 민준이었다.

"아, 프린트물. 맞다 프린트물……. 가져오셨군요. 후우."

몰려있던 시선에서 해방되자 보라는 다시 활기를 찾았다. 분명 민망한 상황이었지만 마음속에서는 끓는 무언가가 있었다.

내가 성공할 사람이었구나. 역시 괜히 내가 그런 생각을 한 게 아니었다니까?

보라는 시선이 거두어지자 자꾸 입가에 미소가 돌았다. 그 모습을 가만히 지켜보던 민준도 그런 보라가 우스운지 피식 웃음이 났다. 한동안 히죽거리던 보라는 금세 표정이 어두워졌다 다시 밝아지기를 반복하며 남들보다 한 발 앞서있다는 뿌듯함과 내세울 것 하나 없는 자신의 스펙에 대한 자괴감에 정신이 없었다.

"우리가 앞으로 이 수업시간에 배울 내용은 아까 말한 T자형 인간에서 가로 선 정도밖에 되지 않아. 세로 선은 너희가 스스로를 잘 파악한 다음에

주춧돌을 잘 대서 너희에게 알맞은 자리에 딱! 찔러 넣어야 한다 이거야. 우리 TA는 원하는 분야가 있나? 유일한 대학원생이잖아. 곧 졸업 논문도 써야 하고."

열심히 필기를 하던 민준은 1초의 망설임도 없이 술술 대답했다.

"저는 게임의 효용성에 대해 관심이 많아요. 게임에 사람들이 중독되는 이유를 정확하고 면밀히 분석한다면 현재까지 연구된 게임의 교육적 기능 이외에도 다양하고 긍정적인 사회적 기능을 수행할 수 있을 것 같아요. 그래서 그쪽을 집중적으로 연구해 보려고요."

"그렇구먼. 그럼 어떤 가로 선을 치고 연구 중이지? 보면 나보다 더 바쁘게 연구에 몰두하더라고."

"더 방대한 영역을 공부해야겠지만 지금은 그래픽이나 게임 자체보다 사용자에 대해 연구 중이라 심리학과 전반적인 문화 마케팅 쪽을 많이 보고 있어요."

둘의 대화의 심도는 깊었다. 묵직한 공기에 듣고 있는 학생들이 주눅이 들 정도로.

"좋은 자세다. 내가 사람 보는 눈은 있다니까?"

자신이 더 우쭐해서 민준을 치켜세워주는 한 교수의 얼굴에는 옅은 미소가 번졌다. 다들 부러워하고 있었지만 나라면 저렇게는 못한다는 듯이 고개를 저었다.

"야, 근데 저 선배 이름이 뭐라고? 우리 과는 맞지?"

실컷 고개를 끄덕이며 민준의 말을 듣던 소연이 물었다.

"민준 선배, 김민준. 나도 아까 누구냐고 물어봤잖아. 얼굴은 익숙한데 이름이 죽어도 생각이 안 나는 거야."

보라는 아까의 아찔했던 기억을 떠올리며 민준의 이름을 다시 한 번 기억했다. 이제는 그의 이름을 까먹지 않으리라.

"너희 다 영화 좋아하지? 아마 우리 과 영화 만들겠다고 온 애들 많을 텐데, 우리 영화 이야기 좀 해볼까?"

분위기를 바꾸려는 듯 박수를 치며 한 교수는 한 톤 높아진 목소리로 수업을 이어나갔다.

"일반적으로 문화 하면 영화를 많이 떠올리잖아. 영화시장 규모가 다들 얼마라고 생각해?"

"음, 한 1,000억? 그 정도 되지 않을까요?"

"요즘은 영화들이 웬만하면 억 단위인데 만들어지는 영화가 엄청나잖아요. 한 1조는 되지 않을까요?"

"좋아, 계속 얘기해보자. 가장 근사치를 맞춘 사람에게 선물을 줄게."

"전 10조는 될 거 같아요. 요즘 극장도 엄청 많잖아요. 웬만한 대기업들 자산 규모도 조 단위던데요?"

점점 그럴싸한 주장들이 나오고 있었지만 한 교수는 그저 미소만 지을 뿐이었다,

보라도 혼자 머릿속에서 계산기를 두드려보다 대답했다.

"한 5,000억 정도 될 거 같아요. 1조는 너무 많고 1,000억은 넘을 거 같은데……"

사실 별다른 이유는 없었고 5가 들어가면 중간쯤이라 대충 근사치지 않을까 하는 꼼수에서 나온 대답이었다.

"오, 오늘 보라가 우등생인데? 지금까지 보라가 가장 근사치야. 영화시장의 1년 매출액은 4천억 원 정도야. 어때? 생각보다 많아 보이나? 다들 요즘 영화가 몇십 억 단위로 제작되다 보니 더 높게 생각한 것 같구먼."

4천억 원이라는 말에 다들 꽤 의아한 표정이었다. 적은 것 같으면서도 큰 액수인 4천억 원.

"생각해보면 4천억 원이라는 게 참 별거 아닌 거야. 너희가 잘 아는 현대와 기아 자동차만 35조 원의 매출을 올렸어. 또 다른 경제를 대표하는 시장인 IT 시장은? 너네 놀란다, 조심해라. 무려 130조 원이 돼. 어때, 이렇게 다른 시장들과 비교 해보면 영화시장은 볼품없는 작은 시장이지?"

여기저기서 놀람과 자신들이 뛰어들 분야가 생각보다 적다는 생각에 아쉬운 소리가 흘러나왔다.

"이런 수치화된 이야기들은 재미없게 들리겠지만 너희가 앞으로 뛰어들 분야의 규모 정도는 알고 있어야 하니까. 너희가 뛰어들 물이 얼마나 깊은지 알아야 마음의 준비를 할 거 아냐. 자, 규모를 알고 나니 어때? 시시하지?"

사실 쉽게 가늠이 되지 않는 숫자다. 학교 후문 앞에 파는 1,000원짜리 와플을 나랑 소연이, 수현이, 영혜까지 먹으면 딱 4천 원이니까 이게 1억 번.. 1억 번이 감이 안 오네……. 1년이면 365일, 10년이면 3,650번, 100년이면 36,500번, 1,000년이면 365,000일, 10,000년이면 3,650,000번! 거의 4천

만 번 먹을 수 있네. 와플은 너무 싸니까 더 비싼 걸로 해봐야지……

이렇게 4천억 원의 규모를 따져보다 보라는 갑자기 행복한 기분에 빠져들었다.

샤넬백을 400만 원이라고 치면 10만 개! 와, 이래도 감흥이 안 오네. 샤넬백 10만 개 있어서 뭐해, 그럼 더 비싼 게 뭐 있지? 그래, 우리 학교 등록금이 한 학기에 200만 원, 4년 다 다니면 1,600만 원이니까……. 25,000명이 공짜로 다닐 수 있는 돈이네. 영화 까짓 거 안 봐도 되니까 그 돈으로 등록금 좀 내주지.

"야, 4천억 이면 우리 대학 전교생 4년 학비 내고도 남아. 쩔지?"

"지금껏 그거 계산 한 거야? 걱정 마라, 4천억 안 떨어진다. 넌 참 세상을 크게 본다니까. 니 앞가림이나 잘하셔요."

숫자들로 빼곡해진 보라의 연습장을 보고 수현이 혀를 끌끌 찬다. 수현의 미적지근한 반응에 보라는 괜히 '25,000' 이라는 숫자에 동그라미만 친다.

너같이 집에서 학비 대주는 애들은 모른다. 네가 방학 내내 뼈 빠지게 알바해서 등록금으로 갖다 바쳐 봐야 4천억이 얼마나 큰돈인지 알지.

"자, 오리엔테이션이니까 수업은 이 정도로 마치자. 다음 시간엔 늦지 않을 테니 10시에 보자고! 아차, 내 수업엔 간단한 차 한 잔씩 하면서 들어도 돼."

한 교수는 열정적으로 수업하는 동안 식은 스타벅스 테이크 아웃 잔을 기울이며 수업을 마쳤다.

"수업 어땠어? 바꿀 거야?"

한 교수가 나가자마자 실시간 수업평가가 이루어졌다.

"난 좋은데? 이런 자유로운 분위기!"

"나도 괜찮은 것 같아. 월요일 아침이 좀 빡 세긴 한데, 그래도 안 지루하니까."

대부분 꽤 긍정적인 반응들이었다.

"난 변경기간에 사이버강좌 노려볼래. 월요일 아침은 너무 부담스러워. 오늘도 제일 늦게 왔잖아 내가. 우등생 전보라 씨는 조교도 하셔야 하는 거 아니에요?"

아직도 부스스한 머리를 고쳐 묶으며 소연이 물었다. 이건 100% 놀리기 위한 질문이었다.

"응? 난 뭐, 이게 그나마 내 시간표에서 정상적인 수업이라서. 내 시간표 거지 같은 거 알잖아."

"에이~ 괜히 그러지마. 교수님이 너 완전 찍은 거 같은데? 첨부터 네 칭찬밖에 안 하셨잖아. 슬아 언니 눈빛 봤어? 완전 노려봤어, 너."

"그래, 전보라 너 교수님한테 꼬리 치지 마! 여기 하트 안 보여? 교수님은 내 거라구!"

슬아가 노트 앞에 까맣게 칠해진 하트를 가리키며 보라에게 엄포를 놓는

다. 모두 장난인걸 알지만 보라는 괜히 민망하고 정말 이 수업을 들어도 될까 싶은 마음마저 든다. 속으로는 이게 바로 내가 원하던 대학교 수업, 나의 로망이었다고 생각하면서.

"민준아, 이 수업 괜찮을까?"

한 교수는 식은 아메리카노를 벌컥 마시며 민준에게 조심스럽게 물었다.

"다들 안 졸고 열심히 듣던데요? 10시 수업하면 수강생들이 많이 졸아서 걱정하셨잖아요."

"그랬어? 난 또 내 수업에 내가 빠져서 애들 하나도 못 봤잖아. 이런 게 자아도취인가? 너가 듣기에 내 수업 괜찮았어? 내가 심혈을 기울인 수업인 거 너도 알잖냐."

"아, 이 첫 수업만 제 앞에서 3번 정도 하셔서……. 매번 말하지만 정말 배울 게 많은 수업이라고 생각해요."

"넌 좀 누가 말을 하면 말이야. 생각 말고 공감을 해봐. 이 메마른 놈 같으니."

한 교수는 이 수업을 교수로 부임하던 날부터 준비해왔다. 문화의 이론적인 부분이 아닌 실질적인 이야기, 자신을 이 길로 끌어들인 문화의 무서운 흡입력, 독버섯처럼 매력적인 문화에 대한 이야기를 학생들에게 자유롭게 풀어놓는 수업을 말이다.

"나 사실 진짜 떨렸잖아. 근데 15분이나 늦은 거야! 늦은 와중에도 커피 사오는 건 또 뭐람. 이럴 때는 미란다('악마는 프라다를 입는다.'에 나오는 패션잡지 런웨이의 편집장)처럼 말만 하면 내 앞에 커피가 딱 놓여 있었으면 싶다니까? 그렇다고 너보고 그러라는 건 아니야. 물론 네가 그럴 놈도 아니고."

한 교수는 수업의 긴장이 풀렸는지 말이 많아졌다. 민준은 큰 추임새 없이 옅은 미소를 띠고 고개만 끄덕일 뿐이었다.

"근데 교수님, 2시에 미팅 있다고 하지 않으셨어요? 벌써 1시 넘었는데."

"1시야? 벌써? 나 수업 그렇게 오래 했어? 애들이 싫어했겠네, 오리엔테이션부터 풀 수업 했다고. 또 늦을 순 없지, 그럼 수고해!"

한 교수는 의자 뒤에 걸린 트렌치코트를 낚아채며 재빠르게 연구실을 빠져나갔다. 누가 봐도 급해 보이는 모습으로.

"휴, 이제야 해방이군."

민준은 크게 기지개를 켜며 자리에서 일어났다. 한 교수의 수다를 들어주느라 멍멍해진 귀를 두드리며 그대로 자신의 자리로 돌아앉았다. 자리에는 빼곡히 자료들이 쌓여있었고 민준은 한숨을 내쉬었다. 이 한숨은 걱정보다는 설렘이었다.

세상에 공부보다 더 재미있는 일이 있을까?

민준은 또다시 옅은 미소를 지었다.

민준은 툭 건들면 쓰러질 만큼 높이 쌓인 서류의 중간쯤에 꽂힌 종이묶음 하나를 꺼낸다. 남들이 보기에는 다 같은 종이, 다 같은 서류 같아 보이지만 수십 번도 더 본 민준은 단번에 한 논문을 꺼내 쭉 훑어본다.

〈문화의 가격-대체불능성과 정보비대칭성〉이라는 제목이었다. 민준은 요즘 문화의 가치에 대해 공부 중이다. 문화는 어떤 기준으로 가격이 매겨지는지, 과연 가격을 매길 수 있는지에 대한 연구인데 민준에게는 매우 흥미로운 연구였다.

민준은 순식간에 몰두한 채 시간 가는 줄 모르고 여러 논문과 자료들을 찾아가며 졸업논문을 준비하고 있었다.

얼마나 흘렀을까, 민준은 밖에서 몇 번이고 두드렸던 노크소리를 5번쯤에야 간신히 들었다.

"누구세요?"

"뭐야, 없는 줄 알았네. 혼자 있나?"

민준과 유일하게 친하다고 할 수 있는 과 친구 형철이었다.

"아, 응. 교수님께서는 아까 나가셨어. 무슨 일이야?"

"그냥, 공강 시간이라 잠깐 들렸지. 여기가 한 교수님 연구실이냐? 매일 너만 있잖아."

가방을 책상 위에 툭 던지고는 의자에 거의 누운 자세로 하품을 하는 형철. 이 순간에도 논문을 놓지 않는 민준과 대조적인 모습이다.

"그래도 연구실에 이렇게 내 자취방 오듯 오는 건 좀 그렇지 않냐? 랩실도 따로 있는데 굳이. 뭐 교수님이 자주 안 계신 건 사실이지만."

"네 자취방보다 네가 여기 더 자주 있으니까 그런 거 아니야. 그럴 거면 열쇠 나 줘라."

"내가 너랑 안 살아봤으면 다행일 텐데. 그렇지?"

둘은 대학교 2학년 때 함께 자취를 했었다. 둘은 정반대였지만 서로에게 터치하지 않고 받아들이는 성격 때문인지 죽이 잘 맞았다. 사람들은 그 둘을 보며 꼭 티몬과 품바 같다고 했다. 영 다르게 생겨서는 묘하게 잘 어울리는 구석이 있는 둘. 하지만 둘은 한 학기를 채우지도 못한 채 따로 살게 되었다. 뭐라고 설명해야 할까? 친구와 가족은 다른 범주였다.

민준은 그제야 논문을 내려놓고 형철 쪽으로 의자를 돌렸다.

"너 이제 마지막 학기지? 논문 준비 하고 있는 거야?"

"응. 요즘 진짜 재미있어!"

민준의 얼굴에는 정말 미소가 가득했다. 그는 정말 공부가 세상에서 제일 재미있다는 표정이었고 그를 보는 형철의 얼굴에는 물음표가 가득했다,

"그런 말 그렇게 천진난만한 얼굴로 하지 마. 사람들이 이상하게 본다. 아, 너 3학년 수업 들어가지? 군대 갔다 복학하니까 아는 애들이 하나도 없어. 예쁜 애들 없냐?"

논문 이야기는 제쳐놓고 형철은 본연의 모습으로 돌아갔다.

"내가 수업 들어갔지, 미팅 나갔냐? 얼굴 하나도 기억 안 나는데."

"니가 그러고도 인간이냐! 당연히 이 형아를 위해서 스캔을 떠 줘야 할 거 아니야."

사실 민준의 머릿속에 떠오르는 얼굴이 하나 있었다. 자신이 성공할 것 같냐는 한 교수의 질문에 번쩍 손 들어놓고 되려 얼굴이 빨개지던 이상한 아이.

"이 형아랑 점심 같이 먹어줄 예쁜 후배 하나 알아봐줘, 그렇다고 네가 먹어줄 건 아니잖아. 물론 네가 먹어준대도 난 거절할 거다. 서운해하지는 마."

"예쁜 애랑 밥 먹으면 밥맛이 더 좋아? 돈 2배로 내면서 먹는 밥이라 더 맛있나?"

민준은 순진한 표정으로 형철을 놀리자 형철은 쌓여있는 종이를 혐오스럽게 쳐다보며 인간이 음식을 섭취할 때 아름다운 이성이 미각에 미치는 영향에 대한 역설을 펼친다.

"왜, 그걸로 논문이라도 쓰게? 답은 언제나 옳다야! 혼자 먹는 밥만큼 쓴 밥이 어딨냐? 자고로 식사는 함께할 때 의미가 있는 것이고. 야, 이걸로 진짜 한 번 논문 써봐. 네가 보는 이런 논문보다 그게 훨씬 재미있겠다. 야."

"한 번 생각해 볼게. 지금 문화의 대체불가능성과 정보비대칭성에 대해 연구 중이라."

"어련하시겠어."

민준의 반응에 형철은 두 손 두 발 다 들었다는 듯 실소를 뿜었다.

"근데 이거 진짜 재미있어. 너도 들어봐. 너 고흐의 그림이나 모나리자가 왜 비싸다고 생각해?"

"거야, 유명한 사람이 그렸으니까. 나 더 대답 안 해. 질문 하지 마, 너."

형철은 순간 낌새를 느꼈다는 듯 급하게 손사래를 쳤다,

"아니야, 진짜 재미있는 거라니까? 생각해보면 고흐보다 기술적으로 그림을 잘 그리는 사람도 많고 특히 고흐의 그림은 고흐가 살아 있을 때는 전혀 인정을 받지 못했잖아. 너도 알지?"

"알지, 알다마다."

"근데 이제 와서는 고흐의 해바라기 같은 그림이 580억에 팔려. 그림 한 장이

무려 580억! 다른 사람이 더 좋은 재료로 더 멋있게 그려도 그 그림은 500만 원에도 안 팔릴 텐데 말이야.”

“근데 진짜 그러네? 난 진짜 그런 거 이해가 안 가. 종이 쪼가리를 왜 그 돈 주고 사서 누가 훔쳐 갈까 봐 벽에 걸지도 못하고 창고에 모셔 두냐? 돈 자랑인가?”

어느새 형철도 대화에 몰입했다. 이들의 대화는 일상적이어 보이지만 매우 깊이 있는 대화였다.

“그게 바로 스토리의 힘이야. 고흐의 그림에는 그 그림만 가지는 이야기가 있잖아. 그것도 아주 드라마틱한! 그 가격은 단순히 그 그림이 아니라 다른 그림들로는 대체할 수 없는 고흐의 그림만이 가지는 대체 불가능한 스토리가 그 가격을 만들어내는 거지.”

“근데 그 스토리가 580억의 가치를 한다고? 나같이 그래서 어쩌라고, 라고 생각하는 사람도 있잖아. 아, 나 근데 또 대답해주고 있네. 낚였어, 낚였어.”

“나중에 미팅 가서 써먹어. ‘왜 고흐의 그림이 비싼 줄 아세요?’ 이러면 여자들 토끼 눈을 하고 달려들걸?”

“올~ 연애 한 번 안 해본 네가 나한테 지금 연애 충고하는 거야? 연애를 글로 배워서 감히 연애의 달인 앞에 아는 척을 하다니. 이 형아는 연애 얘기로 논문 내면 리포트 월드에서 사람들이 암거래한다.”

형철은 대학에 와서 지금까지 한 번도 연애를 쉬지 않고 달려와 별명도 ‘브레이크가 고장 난 1톤 트럭’인 연애의 고수이다. 안 좋은 소문이 날 법도 한데 사람이 좋아서인지 학과에서 꽤 인정받으며 “형철오빠면 사귈 만

하지.”라는 말을 가장 많이 듣는다.

“아무튼 네 말대로 너처럼 아무것도 모르는 사람들은 그 스토리를 알 턱이 없지. 그래서 중간에서 중개상이나 중간 유통자들이 그 스토리를 부여하는 거야. 사람들이 진정으로 열광하는 건 best가 아니라 only니까. 그렇게 문화에 대한 정보비대칭으로 소비자들은 그들이 그림에 붙여놓은 가격표를 따라 살 수밖에 없는 거지.”

“음. 그 말이 마음에 든다. 사람들이 진정으로 열광하는 건 best가 아니라 only이다. 적어놓고 써먹어야지.”

“온통 연애생각이구만. 연애를 그렇게 하고도 또 하고 싶어? 그렇게 재미있냐?”

형철의 반응에 맥이 빠진 민준은 뾰로통한 표정으로 논문을 정리한다.

“김민준군. 제발 부탁이나 내가 해주는 소개팅 한 번만 나가줄래? 연애도 문화다 이러면서 글로만 배우지 말고 실천을 해야지! 너 그게 진짜 공부다?”

“소개팅은 무슨, 나 졸업논문 준비하느라 바쁜 거 알잖아.”

말은 이렇게 하지만 민준의 표정은 뭔가 아쉽다는 듯이 억지로 꾹 다물고 있었다,

“야, 그러지 말고 한 번만 받아봐, 내가 진짜 괜찮은 애로 해줄게. 연애가 삶에 얼마나 활력소가 되는지 몰라서 그래!”

형철은 휴대폰 연락처를 신속하게 뒤져가면서 소개팅녀 리스트를 뽑아본다. 민준은 형철의 휴대폰을 쳐다보지는 않고 있지만 주의 깊게 형철의 말을 듣고 있었다.

"정지현? 얘 완전 여성스러운데. 너 이런 스타일 좋아하지 않냐? 아니면, 박아름? 얘 괜찮다! 우리랑 과도 비슷하고. 너 아담한 스타일 좋아하지?."

"아담한 게 괜찮지. 내가 별로 안 크니까."

민준은 최대한 무심한 척 형철의 말에 대답했지만 그걸 놓칠 형철이 아니었다.

"얼래? 이 자식 관심 있나 보네? 그러지 말고 네 이상형을 말해 봐. 내가 싱크로율 100%로 찾아줄게!"

신난 형철이 민준을 보채고 민준은 마지못해 말한다는 표정으로 하지만 말투는 아주 신중하게 이상형을 읊는다.

"뭐, 이왕이면 아담한 키에 눈도 좀 크면 좋고. 난 좀 귀여운 게 좋은 것 같아. 그리고 생긴 것보다는 성격이 좀 밝고 자신감 있고 활기찼으면 좋겠어. 자기계발도 열심히 하고……. 근데 이런 거 왜 자꾸 물어봐."

"야, 등잔 밑이 어둡다더니! 너 전보라 알아? 우리 과에!"

"네? 저요?"

보라의 이름에 민준이 놀랄 틈도 없이 조금 열린 연구실 문으로 얼굴만 보인 채 서 있는 보라의 목소리에 형철이 먼저 반응했다.

"아, 깜짝아. 너 여긴 웬일이야?"

방금 까지 자신의 이상형에 대해 읊고 있었다는 사실에 민준은 귀가 달아올랐다. 게다가 형철이 연구실이 떠나갈 듯이 보라의 이름을 말했으니.

"저 교수님 좀 뵙고 싶어서요. 근데 안 계신가 봐요?"

민준을 또렷이 보며 질문하는 보라의 눈빛에 민준은 차마 대답을 하지

못했다,

"어이, 김민준. 보라가 묻잖아. 아담하고 귀여운 우리 보라가!"

발음을 씹어가며 민준을 놀리는 형철.

"뭐야, 형철오빠 이번엔 나에요? 아까도 내 이름을 외쳐주시더니?"

보라는 다행히 둘의 대화를 듣지 못한 듯했다. 민준은 안도했지만 왠지 모를 아쉬움이 남았다.

"아니, 내가 아니라,"

"교수님 오늘은 연구실 안 들어오실 거야. 내일 점심쯤에 다시 올래?"

민준은 필사적으로 형철의 말을 가로막았다.

"아, 네. 안녕히 계세요."

보라가 연구실을 나가고 민준은 크게 한숨을 내쉬었다,

"뭐야? 설마 부끄러워하는 거야? 네가? 김민준이?"

"뭘 부끄러워해. 그냥 네가 이름 말하자마자 눈에 보이니까 놀란 거지. 안 되겠다. 호들갑 떨지 말고 자취방 키 줄 테니 가 있어. 난 좀 더 보다 갈게."

민준은 형철의 등을 겨우 떠밀어서 내보내고는 다시 자리에 앉았다. 평소 같으면 금방 집중했을 텐데 왠지 모르게 집중이 되지 않아 애꿎은 핸드폰을 만진다. 그리고 연락처에 들어간 몇 안 되는 전화번호 목록을 살펴보다 08 전보라에서 손이 멈춘다.

08학번이었구나. 번호도 있었네. 왜 그전엔 몰랐지? 아무튼 참 이상한 애라니까.

#03 스펙(SPEC)이 아닌 스토리(STORY)

이렇게 설레는 수업이 있었나? 보라는 생각했다. 월요일 아침이라고는 믿기지 않을 만큼 개운한 기분이었다. 보라는 평소보다 분명 빠르게 뛰는 심장과 아직도 가라앉지 않은 붉은 볼을 찬 손으로 식히면서 자취방으로 돌아왔다. 원래 첫 수업을 마치면 친구들과 점심을 함께 먹으려고 했는데 도저히 마음이 진정이 되지 않아 급하게 집으로 돌아올 수밖에 없었다.

내가 남들보다 한 발짝 앞서 있다고? 정말일까?

하지만 보라는 여전히 의문이었고 앞서 있다고 생각하니 누군가가 뒤쫓아올 생각에 금세 불안해졌다. 생각해보면 한 교수는 정말 단순히 보라가 성공할 것이라고 믿는다는 사실만 가지고 보라를 칭찬해준 것뿐인데 보라는 스스로가 너무 거만해진 게 아닌가 싶은 생각이 들었다.

내가 남들보다 정말 앞설 수 있는 강점이 뭐가 있을까? 나만 가질 수 있는 강점!

보라는 노트를 꺼내놓고 자신이 해왔던 일들을 아주 사소한 것부터 하나하나 적어보았다.

횟집 아르바이트, 볼링장 아르바이트, 백화점 의류매장 아르바이트, 빵집 아르바이트, 카페 아르바이트…… 아르바이트도 진짜 많이 했네. 돈 다 모았으면 전셋집 하나 구했겠다.

1학년 때부터 용돈벌이 겸 생계수단으로 이어져 온 보라의 아르바이트 경력은 화려했다. 짧으면 1개월, 길면 6개월 정도로 해온 아르바이트들은 업종이 대부분 겹치지 않아서 할 때마다 새로운 것들을 많이 배울 수 있었다. 볼링공도 굴려본 적 없었지만 아르바이트를 하면서 볼링 신동 소리를 들으며 볼링의 규칙이나 룰도 배웠고 의류매장에서 일할 때는 옷의 종류나 사이즈 보는 법 등을, 빵집에서는 빵의 조리법에 따라 종류를 모두 외워야 했다. 모두 아르바이트를 위한 배움이었지만 보라는 언제나 새로운 것을 배운다는 것이 즐거웠다. 다들 아르바이트하느라 힘들겠다고 할 때 보라는 언제나 재미있다고 말했다.

대외활동은 뭘 했더라? 영화제 스텝이랑, 대학생 마케터랑 멘토링도 했고……. 와, 벌써 이만큼이나 했구나.

1학년 때부터 해온 대외활동도 이력서의 반을 채울 만큼 꽤 많았다. 학교 전공 수업만으로는 보라가 원하는 것들을 충족시켜주지 못했고 자연히 보라는 대외활동에 눈을 돌렸다. 1학년 때까지만 해도 동기들 중에 대외활동을 하는 것은 보라가 유일했다. 규모가 작은 서포터즈부터 경쟁률이 50대 1이 넘는 기업 서포터즈까지 꽤 많은 대외활동을 통해 보라는 직·간접적으로 많은 경험을 해왔다. 보라는 대외활동도 스펙을 쌓기 위한 하나의 도구로 전락시키지 않았다. 스펙 쌓기가 아니라 그냥 새로운 경험을 위한 다른 통로라고 생각했고 대외활동의 규모보다 자신이 정말 하고 싶은 것을 찾아서 도전했다. 물론 면접까지 보고 떨어진 곳도 있고 서류도 수없이 많이 넣었었지만 그조차도 보라는 즐거웠다. 점점 합격 확률이 높아지는 재미도 꽤 컸기 때문이다. 활동을 하면서도 대부분 블로그를 통한 마케팅을 이용했기 때문에 오랫동안 블로그를 운영했던 보라에게는 큰 도움이 되는 일들이었다.

몇몇 학생들은 대외활동을 하다가 학점을 놓칠 수 있다고 수업에만 집중하는 것을 더 효율적으로 보기도 한다. 하지만 보라는 대외활동을 열심히 하는 취미생활 정도로 생각했고 대외활동을 본격적으로 시작한 이후로부터 학점은 더 올랐다. 수업시간 이외의 시간을 더 능동적으로 활용하면서 하루하루가 활기찼고 계획적으로 흘러갔기 때문이다.

남들이 다하는 건 나도 할 수 있어. 어쩌면 지금은 나만이 할 수 있는 것들을 하는 게 맞을지도 몰라.

토익과 자격증이라는 세상의 잣대에는 턱없이 부족하지만 보라는 자신감이 생겼다. 자신이 재미로 하고 있던 일들이 어느새 경쟁력이 되어 있을 때의 뿌듯함은 달콤한 것이었다. 그리고 보라는 무작정 수업계획표에 있는 메일로 한 교수에게 메일 한 통을 보냈다. 사실은 자기 자신에게 보내는 다짐의 메일 같은 것이었다.

저녁 8시. 민준과 한 교수는 꼭 이 시간만 되면 연인처럼 통화를 한다. 연인이라기엔 매우 사무적이고 딱딱한 대화지만 한 교수는 이 시간만 되면 민준의 전화를 기다리고 전화가 5분이라도 늦으면 불안해하니 꼭 남자의 연락을 기다리는 여자의 모습이다.

"그래, 민준아."

"교수님, 메일 정리 해 놓았어요. 확인해보세요."

"그래? 뭐 특별한 거 있었니? 요즘 손대고 있는 게 많아서."

유명한 문화비평가로 활동 중이기도 한 한 교수는 디자인, 문화평론, 대학생 리더십 강사 등으로 활동하면서 문화 하면 떠오르는 아이콘이 되었다. 유명세를 즐기는 그는 그런 시선을 즐겼고 어쩌면 열정으로 가득 찬 그에게는 가장 알맞은 직업일지도 모른다는 생각을 한다. 어디든 자신의 열정을 퍼트릴 수 있는 곳이 있다면 달려가야 직성이 풀리기 때문에 앉아서 해야 하는 일은 거의 민준의 몫이다. 메일확인도 그중 하나다.

"특별한 거라기보다……. 월요일 오전 수업을 들었던 전보라 학생이 메일을 보냈더라구요."

"전보라? 그게 누구지?"

뭐야, 그렇게 칭찬을 해놓고 기억도 못하시고.

민준은 보라를 기억하지 못하는 한 교수가 괜히 야속했다. 민준으로써는 알 수 없는 감정이었다.

"수업시간에 자기가 성공할 것 같냐는 질문에 유일하게 손든 학생인걸요?"

"아, 기억났다. 잊을 수 없지. 첫 수업이라 하도 긴장을 했어서 말이야. 뭐라고 왔는데?"

"음, 줄여서 말씀드리기는 어려운데요, 교수님 수업이 되게 마음에 들었나 봐요."

"내 수업이? 내가 마음에 든 거 아니고? 작년엔 정말 내가 좋다는 학생이 있어서 곤욕스러웠다니까. 하긴 무리도 아니지. 기껏해야 12살 차이인걸?"

한 교수는 자유로운 수업 분위기와 젊고 재미있는 교수라는 이미지 때문에 수업을 듣는 여학생들의 애정공세를 많이 받아왔다. 처음엔 한 교수도 가르치는 재미 이외에 잿밥에 학생들과 꽤 가까운 친분을 유지했었다. 하지만 그 모습을 고깝게 보는 사람들과 도를 넘는 학생들의 태도에 그는 항상 여학생들과의 불미스러운 스캔들에 시달려야 했다. 2년 전 어떤 사건 이후로

한 교수는 학생들의 메일에 좀처럼 답장을 해주지 않았고 수업시간에 핸드폰번호도 절대 가르쳐주지 않는다.

"뭐, 두서도 없고 정신도 없지만 확실한 건 교수님 수업에 감명을 받은 것 같네요."

"그래? 고마운 일이군. 근데 내 수업들은 학생들한테 메일 오는 거 흔한 일이잖아. 그게 특별한 일인 적이 있었나?"

"아, 그건 아니지만 워낙 그 수업에 애착이 많으시잖아요."

생각해보니 그랬다. 한 교수의 수업이 끝나면 항상 메일이 와있었고 대부분이 여학생들이었다. 아주 중요한 일이 아니면 메일을 하지 말라는 한 교수의 말에도 1주일에 1~2통씩 학생들의 메일이 날아왔었는데 민준은 왜 보라의 메일만 특별하다고 생각한 것일까? 민준도 순간적으로 자신의 이성이 잠시 멈춘 듯했다.

"그야 그렇지만 또 스캔들이 나면 난 학생들 앞에 더는 서지 못할지도 몰라. 그건 안 되지. 내가 얼마나 학생들을 좋아하는지 알잖아? 누구만 특별대우해 줄 수는 없어."

민준은 더 이상 아무 말도 하지 못했다. 2년간 TA를 하면서 그의 인기에 수반되는 고통을 가장 가까이서 봐온 그이기 때문이다.

"교수님 말씀이 맞아요."

"그래. 보라 학생에겐 미안하지만 이게 최선이야. 네가 갑자기 이러니까 뭐라고 왔는지 궁금하긴 하네. 그거 말고 뭐 다른 메일은 없었고?"

"아, 비주얼북스 최미정 팀장님이 이번 달 내로 뵙고 싶으시대요. 전화를 통 안 받으신다고.”

“메일까지 보냈단 말이야? 이번 달은 힘들다고 몇 번을 말했는데. 내가 책 쓰는 기계도 아니고 게다가 아직 독버섯 이야기도 잘 나가잖아?”

“그래도 전화 한번 해보세요. 전 논문 더 보고 있을게요.”

“그래, 금방 전화하고 다시 연락 할 테니 그때 다시 얘기하자.”

한 교수는 질렸다는 듯 휴대폰을 꺼내 최미정 팀장에게 전화를 걸었다. 베스트셀러 작가는 언제나 다음 책에 대한 기대를 충족시키기 위해 출판사와 대중에게 시달린다.

“최 팀장, 나야. 메일까지 보낼 건 없잖아? 내가 언제 이러다 연락 안 한 적 있나? 우리 민준이까지 귀찮게 굴건 없다고.”

“그러게 왜 전화를 안 받아요, 안 받기를! 어린애처럼 피하면 다 되는 줄 아나?”

비주얼북스와는 벌써 3권의 책을 출판했고 3권 모두 꽤 높은 판매고를 올리고 있다. 그래서 한 교수는 담당인 미정 팀장과 톰과 제리처럼 티격태격해도 떼려야 뗄 수 없는 사이다. 자꾸 전화 안 받으면 옆집으로 이사를 가던지 전국의 스타벅스에 스파이를 깔겠다는 미정의 엄포에 한 교수는 수화기를 멀찌감치 떨어트려 놓고 두 손 두 발 다 들었다는 표정이다. 그렇게 오래 사귄 연인처럼 한 시간이 넘도록 통화를 하고 나서야 한 교수는 민준이 생각났다.

“알았어, 알았어. 나 이제 강남 쪽으로 넘어갈 건데 꼬치구이 먹으러 안 갈래? 그렇게 하고 싶어 하는 책 얘기도 좀 하고.”

전화를 끊은 한 교수의 표정은 시어머니의 잔소리를 들은 며느리의 표정치고는 무척 밝았다.

"내가 너무 늦었지? 아무리 그래도 베스트셀러 작가인데 말이야, 아주 혼쭐이 났어."

하지만 민준은 한 시간이 지났는지 전화가 온 후에야 알았다. 오히려 그 전화가 민준의 시간을 방해했을 뿐이었다.

"미정 팀장 땍땍거리긴 해도 귀여운 맛이 있다니까. 여자 서른에 귀엽기가 쉽지 않지."

"요즘 외롭다 하시더니, 등잔 밑이 어둡네요? 예전부터 생각한 건데 두 분께 잘 어울리세요."

"어이구, 우리 민준이가 그런 말 하니까 이거 날짜라도 잡아야겠는데?"

민준은 웃어넘겼지만 속으로는 조금 짜증이 났다.

형철이도 그렇고 연애가 뭐 대수인가? 내가 안 해봐서 그렇지, 그것도 다 호르몬의 장난이잖아. 딱히 좋아할 대상이 없어서 실험을 못 한 것뿐이지 가설은 누구보다 완벽한데.

민준에게 연애는 공부할 시간을 좀먹는 호르몬의 장난, 내지는 인간이 사회화되면서 혼인하기 전에 먼저 서로를 탐색하기 위해 가지는 인간의 본능적인 인간관계 정도에 불과하다. 어지러울 정도로 재미없는 연애관을 가진 민준이지만 문화를 연구하면서 남자와 여자의 감정적 차이와 정신적

메커니즘을 연구하며 두꺼운 논문으로 연애를 배웠다. 예를 들자면 여자는 왜 남자의 경제적 능력을 고려하는지, 데이트 무비족이 생겨난 배경 같은 것. 이런 주제는 그나마 민준의 연구 주제 중에 가장 흥미로운 것들이었다.

"아무튼 또 일 있으면 문자로 남기고. 너도 너무 연구실에만 있지 말고 밖으로 좀 나돌아라. 청춘이 그리 길지 않다. 민준아."

"네, 내일 수업은 1시에요. 내일 뵈요."

한 교수와의 통화가 끝나고 민준은 한동안 말없이 앉아 있었다.

누군가에 대해 입 밖으로 말을 하고 싶어도 들어줄 사람이 없었고 또 어떻게 말해야 할지도 몰랐다. 처음 느껴보는 답답함이었다. 누군가가 머릿속을 헤집어 놓고 책임감 없이 나가버린 지금 이 느낌은 머릿속에 가득 찬 공허함 같은 것이었다. 그 공간을 채워버린 사람도, 그 공간을 채워주지 못하는 사람도 단 한 사람이었다. 하지만 민준은 누구에게 물어볼 수 없었다. 도무지 말로 할 수 없는 복잡함에 머리가 지끈거릴 뿐이었다.

다시 생각을 정리하기 위해 컴퓨터를 켜고 한 교수의 메일을 정리하려고 하는데 머리가 더 복잡해졌다.

[교수님, 전보라라고 합니다! 정말 이건 일생일대의 사건이에요!]

다시 메일을 클릭하고 찬찬히 그녀의 메일을 읽어보는 민준.

교수님, 정말 감사해요. 전 오늘부터 새로운 사람이 되었어요. 될 거고 돼야만 해요. 교수님의 오늘 수업은 키를 놓친 배에 등대 같은, 동방박사들에게 비춘 별 같았어요. 사실 3학년이 되기까지 전 갈팡질팡하고 있었고 앞으로

가긴 하는데 이 방향이 맞는지에 대해 끊임없이 고민하고 있었거든요. 노력하고 있는데 남들이 알아주지 않을 때, 움직이고 있는데 앞으로 나가지 않을 때, 빨리 가고 있는데 남들보다 뒤처진 것 같을 때가 많았어요. 근데 아니었어요. 전 정말 꾸준히 제 길을 만들고 있었어요. 이게 제 길인 것도 모르고요. 제 노력들이 언젠간 빛을 발할 원석들인 걸 알았어요. 그래서 더 깎고 다듬어야겠다고 다짐했어요. 사실 아까 거짓말을 했어요. 전 토익 준비도 하지 않고 자격증 준비도 하지 않고 있어요. 토익은 1학년 때 모의 토익 본 게 다였고 자격증은 워드 1급만 겨우 따놓은 상태거든요. 그것도 실기는 2번이나 떨어졌어요. 정말 형편없는 스펙이죠? 하지만 전 꽤 알려진 블로거구요, 크고 작은 대외활동들도 정말 열심히 했어요. 지금도 하고 있고요. 아르바이트를 하면서 남들보다 다양한 분야에 대해서 꽤 잘 알고 있어요. 알파카와 모의 차이를 아는 대학생이 얼마나 될까요? 커피콩을 그라인더에 갈 때 곱게 갈면 더 쓴맛이 난다는 걸 아는 사람은요? 볼링을 칠 때 스텝을 어떻게 밟아야 하는지를 아는 사람은 정말 드물걸요? 근데 전 다 알고 있어요.

　제가 작게 생각했던 경험들이 지금은 너무 엄청나고 커 보여요. 그래서 이 모든 것을 어떻게 하나로 만들지, 어떻게 더 세련되게 말할 수 있을지에 대해 고민하게 되었어요. 그 답을 교수님께서는 알고 계시지 않을까 해서 이렇게 메일을 보내요. 어쩌면 제가 또 헛다리를 짚었을지도 몰라요. 그냥 수업 중간에 나온 교수님의 칭찬 한마디, 다른 학생들을 훈계하기 위해 보잘것 없는 한 사람을 추켜세워준 것일지도 모르죠. 근데 그래도 괜찮아요. 전 정말 제 성공을 믿으니까요. 제가 달려온 길에 대한 믿음이 생겼으니까요. 아직

울퉁불퉁한 T자의 가로 선이지만 잘 다듬은 다음엔 정말 제대로 정 중앙에 드릴로 구멍을 뚫을 거에요. 그곳에 저와 사람들을 살게 할 샘물이 있을 거라고 믿으니까요. 그 시행착오를 줄일 방법이 없을까요? 전 이제 어떤 걸 더 해야 할까요?

[메일을 삭제하시겠습니까? Yes/No]

민준은 이것보다 더 긴 메일도 보았고 더 절절한 메일도 어떤 마음의 동요 없이 쓰레기통에 버렸다. 하지만 지금은 아니다. 몇 번째 삭제를 누르고 No를 누르는 비효율적인 일을 하고 있다. 민준은 돌연 짜증이 났다.

그래, 지금 내가 이러고 있을 때가 아닌데.

[메일을 삭제하시겠습니까? Yes/No]

"집에 가서 치킨이나 시켜 먹자."

저녁 늦게 수업이 끝나고 수현과 보라는 보라의 자취방으로 향했다.

"나도 진짜 자취하고 싶다. 언제까지 버스 타고 학교 다니고 술 먹을 때마다 통금 때문에 가장 피크인 12시에 집에 가야 되냐고."

"내가 봤을 때 넌 자취하면 안 될 것 같아. 12시 통금이 있으니까 그나마 인간다운 삶을 영위하고 있다는 생각은 안 해 봤어?"

"너처럼 걸어가다 무릎 꿇고 토 안 하면 다행이지. 전봇대에 사죄할 일

있냐?"

대학생활과 술을 떼어 놓고 말할 수 있을까? 대부분 대학생활은 O.T와 M.T를 가장한 술잔치로 시작한다. 술자리에서 모든 역사가 시작되고 술은 모든 사건 사고의 근원이 된다. 그래서 대학생활에서 술은 가끔 권력화되기도 한다.

"전봇대에 108배 절한 결과가 바로 과의 마스코트 아니겠어? 근데 3학년 되니까 불러주지도 않더라. 나 모르는 사이에 마스코트는 09학번 영주가 차지하고 있더라니까?"

"영주가 귀엽긴 하지."

"그래도 전 마스코트에 대한 예우가 아니지! 미스코리아도 전년도 진은 또 한 번 불러주는데 말이야."

보라는 내심 서운했다. 술도 못 먹는데 선배가 부르면 꼬박꼬박 나가서 생글생글 웃어주고 몰래 화장실에서 변기를 부여잡고 토하면서 자리를 지켰는데 이제는 찬밥신세라니.

"그게 다 세상의 이치라는 거다. 뉴페이스만 사랑받는 이 더러운 세상."

"그래. 누굴 욕하겠어. 세상을 욕해야지. 야, 근데 저기 형철 오빠 아니야?"

한참 대학가 술 문화에 대해 열변을 토할 때 멀리서 형철의 모습이 보였다.

"뭐야, 옆에 여자친구야? 둘이 지금 자취방 가는 거야? 형철 오빠 진짜 안 되겠네. 얼마 전까지 솔로였는데 벌써 자취방을 드나들어?"

수현은 괜히 성질을 낸다.

"딱 봐도 어려 보이는데? 12학번 핏덩이 꼬셔서 온갖 안 좋은 물 다 들이는 거 아니야?"

보라와 수현은 형철과 선아의 뒷모습만으로 참 많은 것을 추측해냈다.

"자취방 들어가는 모습이 익숙해 보이는데. 벌써 잤겠다. 그치?"

"자취방에서 안 자면 뭐하게, 다도라도 하나? 진짜 자취방은 악의 축이야."

"그건 동감. 그럼 형철 오빠 주희 선배랑도 잤겠네."

"둘은 1년 넘게 사귀었는데 당연하지. 상상된다. 하지 마라."

수현은 형철의 자취방 문에서 눈을 떼지 못한다.

"진짜 형철 오빠는 여자 없이 못 사나 봐. 여자 친구 생기면 완전 붙어 다니잖아. 주희 선배랑도 자취방에서 나오는 거 몇 번 봤대."

"요즘 안 그런 커플이 어디 있어. 사귀면 100이면 100 다 자잖아. 혼전 순결 다 옛말이야."

"안 그런 사람도 있거든? 아무튼 이거 소연이한테도 말해야지."

"말하지 마. 확실한 것도 아닌데. 우리 과 입소문은 LTE 속도인 거 몰라?"

수현은 보라의 휴대폰을 뺏으며 치킨 집 번호를 누른다.

"그래도 이 재미있는 일을 우리만 알고 있자고? 재미없게. 근데 어디다 시킬 거야? 왕치킨 간장양념 시키자."

형철에서 치킨으로 화제가 옮겨가고 둘은 형철의 이름을 꺼내지 않았다. 가십거리는 원래 깔끔한 결말도 없고 뚜렷한 의미도 없어 다시 이야기할 가치가 없는 거니까.

둘은 비닐장갑을 한 짝씩 끼고 가벼운 예능 프로그램을 보면서 치킨을 뜯어 먹었다. 간간이 과 사람들 소식을 나누고 친구에게 전해들은 연예인 이야기들을 자신의 무용담 마냥 늘어놓는 시답지 않은 시간이었다.

"그건 그렇고, 넌 이번 학기 끝나면 어학연수 가는 거야?"

"가야지. 엄마가 가서 정신 좀 차리고 오래."

"완전 도피성 유학이네. 그래도 좋겠다, 나도 가고 싶다."

요즘 대학생들에게 어학연수는 기본 스펙이라 여권에 출국 도장도 하나 안 찍혀 있으면 서류통과도 쉽지 않은 게 현실이다.

"넌 하고 있는 것도 많고 잘하면서 뭘. 그때 월요일 수업 때도 교수님이 그랬잖아, 넌 한 발짝 앞서 있다고. 좀 오글거리긴 해도 공감되던데 나는."

보라는 수현의 말에 꽤 감동 받았다. 평소에도 입에 발린 말은 절대 못하는 수현이기에 기분 나쁜 말을 해도 나쁘지 않고 좋은 말을 해주면 어색하지만 훨씬 와 닿았다.

"근데 토익은 인간적으로 해라. 너 그때도 혼자 얼굴 터질 것처럼 해가지고 공책에 토익, 토익…….. 토익은 외국 안 나가도 할 수 있는 거니까. 네가 머리가 나쁜 것도 아니고."

역시 좋은 말만 해주는 건 수현에게 어울리지 않는다.

"해야지. 할 거야."

보라는 다시 한 번 다짐한다.

나는 성공할 사람이다.

　대학생들에게 개강 1주일은 아직 개강이라고 하기에는 들떠있는 시간이다. 시간표를 잘 짰다고 해도 시간표가 확정되기 전까지는 결석이 묵인되고 보라처럼 완벽하게 말아먹었다고 생각하는 학생들에게는 반전의 기회가 있는 최후의 보루이기 때문이다. 보라도 마찬가지로 200명 정도 수강하는 어제 수업은 혼자 속으로 바꿀지도 모르니까 안 간 거라고 자기 합리화를 하며 결석을 했다. 그리고 책상에 앉아 무언가를 골똘히 생각하며 끼적이고 있었다. 수업에 안 간 사람치고는 여유로운 모습이었다. 보라는 늘 작심 1일일지라도 계획을 세운다. 한 학기 계획, 한 달 계획, 1주일 계획, 하루 계획 등 시간을 쪼개서 계획을 짜느라 하루가 다 가는 날도 있었다. 그 계획이 계획에 그칠지라도 짜는 순간만큼은 아주 큰 동기부여가 되기 때문이다. 오늘도 개강 맞이 계획표를 세우는 중이다.

　보라는 원래 수업을 잘 빠지지 않지만 오늘은 도저히 수업에 갈 수 없었다. 이것도 합리화일 수도 있지만 방금 엄청난 일이 일어났기 때문이다. 보라의 메일에 한 교수가 답장을 한 것이다. 이것은 분명 지금 당장의 수업보다도 중요한 일이었다. 보라는 전혀 답장을 기대하지 않았다. 한 교수는 수업시간에는 학생들에게 한없이 친절하고 매너 있지만 사적인 연락은 일절 받지 않는 것으로 유명하기 때문이다. 보라는 메일을 보고 불과 몇 줄짜리 내용을 족히 100번은 읽어 내렸다. 그러다 수업시간이 훌쩍 지나버린 것은 한참이 지나서야 알아차렸다.

[보라 학생에게.]

다음 달 당장 토익시험을 보세요. 남들이 다하는 것이라면 분명 도움이 되는 일일 것이고 보라 학생에게도 더 많은 기회를 가져다줄 거예요. 세상은 증명되지 않은 사실은 잘 믿으려고 하지 않으니까 보라 학생이 해온 일들을 증명할 수 있는 것들을 찾아보세요. 살다 보면 조금 세상의 비위를 맞춰줄 필요가 있답니다. 그런 다음엔 언젠가 세상이 당신의 비위를 맞춰주는 날이 올 거예요.

PS. 요즘은 스펙보다는 스토리가 중요한 시대예요. 남들 다 하는 것 말고 스스로의 길을 헤쳐 온 누군가가 기다려왔던 시대가 아닐까요?

짧지만 날카롭고도 따뜻한 조언이었다. 보라는 모니터가 닳도록 읽은 메일을 한 번 더 읽고 새 문서를 하나 열고 그제야 무언가를 차근차근 써 내려갔다.

[한 달 속성 토익 계획서.]

한 교수의 조언대로 한 달 뒤 있을 토익시험을 위한 계획표였다. 계획을 짜는 일은 매일 하는 일임에도 계속 한쪽 가슴이 저릿저릿했다. 누구도 보라에게 성공할 것이라는 확신을 이렇게 강하게 준 적이 없었다. 물론 보라조차도 막연한 자신감과 함께 더 큰 불안을 가지고 있었다. 하지만 오늘 수업에서 한 교수의 한마디 한마디는 그 불안보다 자신감을 한 발 더 내딛게 해주었고 이것은 매우 큰 사건이었다. 보라는 자꾸만 벅차오르는 감정을 억누른 채 A4 한 장짜리 계획표를 만들었다.

그래. 나는 누구보다 스토리가 있는 삶을 살아왔잖아. 내 속도와 방향을 유지하자.

계획표를 만들고 나니 수업에 안 간 것이 괜히 마음에 걸렸다. 열심히 하기로 마음을 먹었는데 수업조차 제대로 가지 않다니. 뭔가 나 자신을 배신한 기분이었다.

무엇으로 이 기분을 떨쳐버릴까 생각하다가 저번 주에 못 본 무한도전이 생각났다. 그리고 생각했다. 사람이 갑자기 변하면 죽을 때가 온 거라고.

한창 무한도전에 빠져있을 때 문자가 왔다.

[개강 맞이 소개팅 안 할래? 내가 너를 구원해줄 그리스도이시다.]

보라는 얼굴에 미소가 돌았다.

아멘. 내 사주에 9월부터 운이 들어와 있나 보군. 공부 운에 연애 운까지!

[콜. 근데 너 믿어도 되는 거지? 나 소개팅 승률 0%야.]

[딱 네 스타일이야. 곰신은 일말상초, 대딩은 이말삼초랬잖아. 3학년 2학기면 너 이제 9회 말 2아웃이야.]

군대에 남자 친구를 보내놓은 아라의 애환이 담긴 말이었다. 아라의 연하 남자 친구가 군대에 간지 1년이 다 되어가니 이제 딱 아름이 말한 일병 말, 상병 초에 접어들었다. 이 시기는 남자를 군대에 보낸 연인이 가장 많이 헤어진다는 시기로 군대에서는 거의 진리로 통하는 사자성어다. 여기에서 유래

된 이말삼초는 대학에서 2학년 말, 3학년 초에는 무조건 연애를 해야 한다는 뜻으로 이 시기를 놓치면 대학생활에 연애는 물 건너갔다는 말이다. 그래서 보라가 처음 입학했을 때 가을이 되면 안경에 추리닝 바지를 입고 다니던 선배들이 변장에 가까운 화장을 하고 갑자기 키가 쑥 커졌었나 보다. 그리고 시간이 흘러 보라는 지금 마지막 보루라는 삼회 말이다.

한창 연애 중인 아라의 날카로운 직구에 보라는 홈런으로 맞받아쳤다

[오랜만에 제대로 된 연애 한다 이거냐? 야구는 9회 말부터 시작인 거 몰라?]

곰신은 일말상초, 대딩은 이말삼초. 연애도 유통기한이 있다 이거냐.

보라는 꽤 오랫동안 남자 친구가 없었고 그렇다고 조바심이 나지 않았지만 주변의 압력은 엄청났다. 2학년 말부터 1주일에 한 번씩 소개팅이 들어오고 3학년이 되자 주변에서는 안타까운 한숨을 내뱉었다. 그리고 여름방학이 될 때쯤엔 다들 연애보다는 취업이지라며 보라를 위로하느라 애를 썼다. 연애를 아예 못해본 것도 아닌데 보라는 괜한 패배감까지 들었다. 새 학기를 새로운 사람과 함께 시작하는 것도 나쁘지 않겠다 싶어 보라는 다음 주로 얼른 날짜를 잡았다. 너무 적극적이지 않을까 걱정도 했지만 완급 조절은 만나서 하면 되니까. 보라는 지금 자신감이 충만한 상태다.

소개팅까지 남은 시간은 5일. 오늘부터 바나나 다이어트 돌입이다!

눈으로는 무한도전을 보고 손은 메시지를 주고 받느라 바쁜 와중에 다이어트 걱정까지 하느라 한 시간이 훌쩍 지나고 보라는 도서관에 책을 반납하러 갈 채비를 시작했다. 수요일 아침 수업인 시나리오 연구 수업을 위해 시나리오 잘 쓰는 법이라는 책을 빌렸는데 앞에 5장만 보고 덮어 두었다. 과가 과인지라 1학년 때부터 영화 시나리오나 수업을 책으로 요약하는 등 글쓰기 숙제를 많이 했었는데 이번 수업은 뭔가 더 무거운 느낌이다. 시나리오 수업의 교수도 현업에서 영화를 찍고 있는 감독이었고 직접 쓴 시나리오를 매번 수업시간에 발표하고 검사받는 수업이다 보니 다들 조금씩 긴장하고 있었다. 영화를 만들겠다는 마음을 조금씩은 품고 있는 학생들에게 자신의 글을 평가받는 것은 마치 나의 배설물을 남들이 휘저어 놓는 창피하고 고통스러운 일이지만 그 안에서 또 다른 가능성과 내가 발견되는 고마운 일이기도 하다. 그래서 보라도 열심히 해보겠다고 시나리오 책을 3권이나 빌렸는데 역시 글로 배우는 건 보라 체질이 아니다.

잠깐 학교에 가는 건데도 괜히 옷차림이 신경 쓰인다. 꼭 신경 쓰지 않고 나가는 날엔 전 남자 친구를 만난다든가 후배들을 만나던가 하는 곤욕스러운 일이 일어난다. 보라는 최대한 신경 쓰지 않은 척 신경을 써서 입고 나왔다. 꼭 이렇게 아무도 신경 쓰지 않는 것에 에너지를 쏟곤 한다. 언제나처럼 이어폰으로 노래를 들으며 무신경하게 걸어가던 보라에게 누군가 말을 걸어온다.

"어이, 네가 웬 책을?"

형철이었다. 그는 꼭 그냥 지나치는 법이 없이 이어폰까지 끼우고 있는 보라를 불러 세웠다. 보라는 문득 자취방에 낯선 여자와 들어가던 형철이 생각나서 괜히 까칠해졌다.

"아, 책 반납하러요. 선배 어디 가요?"

"나 민준이네 집. 웬일로 집에 있더라고. 민준이 알지?"

"알죠! 꼭 제가 안다고 전해주세요. 전에 제가 큰 실수를 해서……."

민준은 모르겠지만 그 순간 그의 이름이 정말 기억이 안 났다는 게 보라는 민준에게 상처가 됐을 거라고 생각했다. 게다가 그는 자타공인 아웃사이더가 아닌가? 그걸 재확인시켜준 꼴이라니.

"실수? 그럼 만회해야지! 잘됐다. 야. 주변에 민준이 소개팅 시켜줄 만한 애 없어? 딱 너 같은 애면 좋겠는데."

"나 같은 애? 나 같은 애가 뭔데요?"

"아담하고 눈 큰 애. 또 뭐였더라. 자기 계발하는 애랬나? 잘 꾸미고 이런 것도 자기계발 아닌가? 아무튼 그런 애로 좀 찾아봐. 민준이 모쏠이란 말이야."

모태신앙도 아니고 모태 솔로라는 건 정말 슬픈 일이다. 사랑이 시작할 때의 설렘도, 사랑할 때의 안락함도, 사랑이 끝날 때의 슬픔도 모른다는 건 재앙이나 마찬가지다.

구원자가 필요한 건 내가 아니라 민준 선배였군.

보라는 이번이 절호의 기회라 생각했다. 모태 솔로인 민준에게 소개팅은

쩍쩍 갈라진 논바닥에 단비처럼 반가운 일일 테니 말이다.

"제가 진짜 엄선해서 원석으로 골라볼 테니까 기대하세요!"

"그래, 나한테 연락해~ 민준이 너 번호 없을 거야."

"아니에요. 번호 알려주시면 제가 직접 연락할게요! 모르는 사람도 아니고 과 선배인데."

"그런가? 역시 센스 있어~. 그래, 연락해라."

누가 좋을까? 나 같은 애? 세상에 나 같은 애가 또 있나 모르겠네. 그렇다고 나를 소개해줄 수도 없고 말이야. 아무튼 이 기회를 놓쳐선 안 돼. 잘못한 일도 있고 문화와 상상력 TA인데 잘 보여서 나쁠 것도 없지.

보라는 지금 의욕에 넘친다. 순풍에 돛을 단 듯 흘러가는 시간에 저절로 미소가 지어진다. 수강신청의 악몽 따위는 잊어버린지 오래다. 어쩌면 악몽이 아니라 길몽이었을지도 모른다. 수강신청을 성공적으로 마쳤다면 보라의 침에 지워진 문화와 상상력이라는 수업을 발견하지 못했을 테니까. 이번 학기, 보라에게 엄청난 일이 일어날 것만 같은 예감이다.

민준의 소개팅 상대를 찾는 것은 꽤 시간과 정성을 들여야 했다. 민준의 성격을 잘 모를뿐더러 말도 몇 마디 나눠보지 않아 파악하기가 여간 까다로운 것이 아니었다. 다른 사람이면 대충 해줄 법도 한데 왠지 모태 솔로라는 말을 듣고 나서는 민준의 첫 연애에 막중한 책임을 진 느낌을 지울 수가 없다.

내일이면 벌써 월요일인데, 오늘 안에 무조건 찾아야 해.

침대에 누워 한동안 휴대폰을 뒤져보던 보라는 마침내 민준의 짝을 찾았다. 그때 얼마 전 어학연수를 마치고 한국에 들어온 소영이 떠올랐다. 지체할 틈도 없이 얼른 카카오톡으로 메시지를 보냈다.

[동지야. 우리 함께 연애의 늪에 빠져 보지 않을래?]

한동안 휴대폰에서 손을 놓지 못하고 읽음 표시가 뜨기를 기다렸다. 요즘 스마트폰에서 다운받는 SNS는 읽었는지 안 읽었는지 확인이 되니 참 좋은 세상이다. 대신 문자를 보내놓고 자꾸 확인하게 되고 안 읽으면 꽤 신경 쓰이는 것은 본인 몫이다.

[너 나한테 지금 소개팅 시켜주려는 거야? 내 전적 알면서?]

그렇다. 소영과 보라는 소개팅 승률 0% 동지다. 주선자들은 눈을 가리고 만남을 주선하는지, 아니면 그들에게 양심이 없는지 단 한 번도 마음에 드는 사람이 나온 적이 없다. 그렇다고 둘이 눈이 높은 것도 아니다. 보라는 첫 소개팅은 만나보지도 못하고 퇴짜, 두 번째 소개팅 남은 30분이나 약속시간에 늦어놓고 함께 있는 3시간 동안 담배 한 갑을 클리어하더니 마지막 소개팅 남은 3시간 동안 교장 선생님 같은 훈화말씀만 늘어놓아 고개를 끄덕이다 잠이 들 뻔했다.

소영이라고 다를까? 그녀는 숱한 소개팅에도 불구하고 아직 제대로 된 연애를 못해 본 모태 솔로다. 깨알같이 빗겨가는 연애기류에 가뭄이 들 지경이었다.

이거면 둘의 연애운, 말 다한 것 아닌가?

[누군데, 누군데? 새 학기부터 나에게 똥을 주진 않겠지? 그리고 나 할 말 있어!]

[우리 과 탑이야. 너 공부 잘하는 사람 좋지? 자기관리 잘하는 사람. 생긴 것도 꽤 괜찮고 키도 너랑 딱이야! 그리고 무슨 할 말?]

여자들은 남자들과 달리 한 번에 두 가지 이야기를 할 수 있다. 그것도 아주 편안하게 말이다. 남자들은 관심 있는 여자와 이야기할 때는 한 마디 한 마디 놓치지 않으려고 온 교감신경을 곤두세우지만 평소에는 절대 두 가지 일을 하지 못한다. 단순하다고 해야 할지, 지능적이라고 해야 할지. 하나님은 왜 남자와 여자를 다르게 만들어 놓고는 사랑하게 만들었는지 모르겠다.

[괜찮다. 나이 먹으니까 외모보단 능력이야. 뭐냐면 너 우리 과에 완전체 내가 말해줬지? 걔 요즘 장난 아니야. 다들 완전체 맞는 거 같다고 피하더니 지금 완전 왕따 분위기야.]

[진짜? 그거 그냥 하는 말일 수도 있는데 불쌍하다. 우리끼리 얘기할 때야 재미있었지.]

완전체는 말로만 보면 꼭 완벽주의자나 모든 조건이 완벽한 사람을 칭찬하는 말 같지만 전혀 반대의 의미를 지니고 있다. 피할 수만 있다면 꼭 피해야 하는 사람으로 언제부턴가 인터넷상에서 퍼져 내 주변에도 완전체가 있다며 많은 사람들을 공포에 몰아넣은 신조어이다.

간단히 설명하자면 완전체는 인간이 사회적 동물로 살아가기 위해 갖춰야 할 기본적인 능력 중 몇 가지는 완벽하고 몇 가지는 완벽히 결여된 불완전체의 반어적 표현이다. 그러다 보니 사회생활에서 크고 작은 문제가 발생하는데 소영이네 과의 완전체녀는 감정이입이나 공감능력은 뛰어나지만 사랑에 대한 이해도가 낮은 타입인 것 같다. 적어도 이들의 결론은 그렇다.

[괜히 내가 잘못한 것 같잖아. 왕따 시킨 것 같고.]

[아니야. 완전체녀 인터넷에 찾아보면 주르륵 다 뜨는데, 다 보고 느낀 걸걸? 나도 네 얘기 듣자마자 완전체다 싶었는데?]

[그래도 찜찜하단 말이야. 나쁜 것도 아니고 그냥 정서상에 결함인 건데……. 물론 꼴 보기 싫긴 해. 몰라서 저러는 거라니 더 얄밉기도 하고.]

완전체녀라 불리는 그녀는 과 안에서 그녀를 잘 모르는 선후배들의 사랑은 독차지하는데 동기들에게는 유난히 인기가 없는 타입이었다. 처음에는 동기들도 그녀를 좋아했다. 무슨 말만 하면 "나도 그랬는데!"를 연발하며 맞장구를 쳐주었고 비슷한 자기의 경험을 술술 털어놓았다.

세상 모든 사람의 경험을 모두 공감할 수 있는 엄청난 스토리를 지닌 그녀에게 모두 호기심과 함께 호감을 가졌다. 하지만 들으면 들을수록 쎄한 기분이 들 때도 있었다. 자기가 한 이야기를 기억하지 못하는 일도 허다했는데 그냥 기억력이 안 좋으려니 생각했을 뿐 별다른 의심을 하지는 않았다. 털털하고 밝은 그녀의 성격에 호감을 느끼는 남자들도 많았는데 이상하게 그녀는 남자들을 이해할 수 없다는 식이었다. 자기가 남자들이 좋아할 만한 행동을 하면서도 왜 남자들이 좋아하는지 모르겠다는 그녀의 반복적인 행동은 여자 동기들에게 여우라고 생각하기에 조금의 부족함도 없었고 남자들 또한 우리한테 꼬리쳐놓고 모른 척하는 게 괘씸하다며 그녀를 멀리하기 시작했다. 그렇게 점점 동기들 사이에서 그녀는 멀어져 갔다. 선배들이야 많이 이야기를 해보지 않았으니 비위를 잘 맞추는 그녀를 싹싹하다며 좋아했다.

특히 소영은 과에서 좋아했던 남자가 그 완전체녀에게 고백했다 차인 이야기를 듣고 나서부터 그녀를 싫어했고 완전체 이야기를 인터넷에서 본 이후로 친한 사람들에게 완전체 이야기를 해주었다. 그게 소문이 났는지 요즘과 선배들까지 그녀를 멀리하는 눈치라 소영이 괜히 제 발을 저리고 있는 것이다.

[너무 걱정하지 마. 사람들이 그래도 걔는 모를 걸, 잘? 원래 완전체녀가 그런 것도 잘 모른다며. 자기 싫어하고 이런 것도. 어떻게 보면 되게 편하게 산다. 그렇지? 우리는 남들 눈치 보고, 알아도 모른 척해야 하는데 말야.]

[그건 그래. 지금 내가 걔 걱정할 때가 아닌데 말야. 아무튼 누가 만들었는지 몰라도 이렇게 분류해 놓는 거 보면 웃겨. 우린 무슨 녀일까?]

보라도 마침 그 생각 중이었다. 실은 언젠가부터 소영의 말에는 대충 받아치고 있었다.

나는 어디로 분류될까? 과연 나를 묶을 만한 게 있을까? 왜 사람들은 자꾸 스스로를 어딘가에 가두려고 하는 걸까?

보라는 언제나처럼 질문에 휩싸여 혼자의 세계에 빠졌다.

생각해보면 그렇잖아. 많은 사람들이 맹신하는 혈액형 별 성격도 혈액형을 바꿔놓고 봐도 다들 맞는다며 고개를 끄덕인다고 하잖아? 그리고 남녀노소를 불문하고 이런저런 심리테스트를 하는 것도 혼자 동떨어지지 않기 위해 자신을 어딘가에 끼워 넣으려는 심리를 대변하는 거야. 자신이 어떤 사람인지 끊임없이 궁금해하고 규정지으려는 자기 존재에 대한 불안이 결국 사회를 만들고 유지하고 있는 것인지도 모르지.

나 지금 완전 유식해 보이는데? 지금 생각한 거 적어놔야지.

보라는 스스로에게 했던 말들은 여기저기에 메모해둔다. 나중에 보면 꽤 쌓여있는데 읽는 재미가 쏠쏠하다. 가끔은 내가 이런 생각도 했나 싶어서 스스로 놀랄 때도 있다.

[난 나중에 유명해져서 보라녀 하나 만들어야겠어.

문자로 나누는 이야기이지만 보라의 문자에는 단호함이 묻어 나왔다.

[보라녀는 어떤 여잔데?]

[당당하고 매력적이고 지적이면서 능력이 있는 여자? 언제나 긍정적이고 사람들의 감성을 어루만져줄 수 있는 사람. 그래서 모든 여자들이 닮고 싶어 해. 어때?]

[지금도 넌 충분히 보라녀 같아.]

소영은 언제나 보라를 응원해준다. 연애에 있어서도, 공부에 있어서도 언제나. 그래서 보라는 불안할 때면 소영을 찾았다. 그리고 한참을 털어놓는다.

그럴 때마다 그녀는 보라가 잘못을 했든 안 했든 항상 보라편을 들어주며 잘 될 거라고 위로 해주었다. 그녀는 보라가 원하는 위로는 무조건적인 공감이라는 걸 잘 알고 있다.

[아무튼 내가 조만간 선배한테 연락해서 문자 하라고 할게. 잘됐으면 좋겠다! 연락할게.]

며칠 동안 안고 있던 소개팅도 해결했고 또 다른 목표가 생긴 것 같아 보라의 얼굴에 미소가 돌았다. 게다가 내일은 기다리던 월요일! 보라는 수백 번도 더 읽은 한 교수의 메일을 한 번 더 읽으며 잠을 청했다.

#04 작지만 큰 변화, 티핑 포인트(tipping point)

"민준아. 논문이 잘 안 써져? 갑자기 이러니까 반응을 못하겠다."

한 교수는 한 손에 따뜻한 아메리카노를 들고 의아한 표정으로 물었다.

"교수님이 미란다를 부러워하시길래 앤드리아 흉내 좀 내봤습니다."

"이거 영광인데? 베실 베실 웃는 게 너 오늘 기분 좋아 보인다?"

항상 무표정한 얼굴로 한 손에는 연필을 한 손에는 논문을 들고 코끝을 찡그리며 안경을 올리는 게 가장 자연스러운 민준에게 만면에 띈 미소는 단연 어색했다.

"제가요? 아무 일도 없는데. 그냥 월요일이잖아요."

"그래 월요일이어서 그렇든 어쨌든 보기 좋다. 그런 사소한 게 인상을 바꾸는 거야. 넌 아는 놈이 참……. 좀 웃고 다녀. 아, 강의실 가서 컴퓨터 좀 켜주라. 오늘은 시청각 수업이다."

민준이 강의실에 도착했을 때 꼭 저번 주처럼 보라 혼자 덩그러니 앉아있었다. 달라진 것이라면 둘은 서로를 조금 신경 쓰고 있다는 것.

"안녕하세요, 민준 선배님!"

이름을 유난히 강조한 보라의 인사에 머쓱해진 민준.

앤 정말 매일 뭐가 그렇게 신나서 웃고 다니는 거지? 정말 이상한 애다.

"어. 컴퓨터 켜놓으라고 하셔서."

"아, 네. 오늘은 교수님 안 늦으시겠죠? 하하."

둘은 굳이 하지 않아도 될 말들로 어색한 공간을 채우고 있었다.

"응, 와계셔. 교수님이 메일 잘 봤다고 하시더라."

"저 정말 그 메일 500번도 더 봤어요! 지금 교수님한테 가봐도 돼요?"

"아, 아니야. 교수님 원래 학생들한테 메일 안 보내시는 거 알지? 예외의 경우니까 그냥 모른 척하고 있어. 같이 수업 듣는 친구들한테도 말하지 말고."

보라는 알겠다고 대답은 하고 있지만 실은 아니었다.

교수님이 메일을 보낸 것은 분명 특별한 경우지만 이렇게까지 쉬쉬할 일인가? 난 오늘 자랑하고 교수님께 감사하다고 말씀도 드리고 싶었는데. 어디다 말도 못하고 혼자 알고 있어야 하다니.

보라는 갑자기 마음이 불편해졌다.

"아무튼 부탁해."

"네. 감사합니다."

학생들이 들어오면서 강의실이 시끄러워지기 시작했고 자연스럽게 둘의 대화는 끝이 났다.

"너 그새 민준 선배랑 친해졌어? 아님 교수님이 무슨 말 전해 달래?"

소연이 둘의 대화가 끝나기를 기다렸다는 듯이 촉새처럼 질문을 던졌다.

"그런 거 아니야. 과선배랑 얘기도 못하니?"

보라는 최대한 티를 내지 않으려고 했지만 누가 봐도 의심스러운 톤과 발개진 얼굴은 친구들의 궁금증을 더욱 증폭시킬 뿐이었다.

"너 선배 이름도 까먹었다며. 얼굴은 왜 붉히고 난리?"

"이름은 잠깐 생각 안 난 거고 너네가 득달같이 물어보니까 그렇지. 나 원래 얼굴 잘 발개지는 거 알잖아."

"네가 언제 얼굴이 발개지는지 알아? 사람들 앞에 나갔는데 말이 잘 안 나올 때, 좋은 일이든 나쁜 일이든 우리한테 뭔가를 말하고 싶어 죽겠는데 말 못할 때, 그리고 누가 너 쳐다보는 거 의식할 때. 내가 봤을 땐 2번째다. 말해!"

보라를 흔들며 대답을 요구하는 수현. 보라는 유독 수현에게 약하다. 정말 수현은 절대 에둘러 말하는 법이 없고 화끈하게 쿨하다. 역설적인 표현이지만 이 말 밖에 그녀를 표현할 마땅한 형용사가 없다.

보라가 마땅한 대답을 찾아 열심히 머리를 굴리고 있을 때 다행히 한 교수가 들어왔고 간신히 숨을 돌렸다.

"자자, 수강신청 변경 안 하고 남아준 학생들 고마워요. 이규식 학생이 변경했는데 혹시 아는 사람 있으면 나중에 꼭 전해줘요. 인생에서 몇 번 오지 않는 기회를 놓쳤다고.”

잠이 덜 깬 사람, 지각해서 눈치를 보며 맨 뒷자리에 앉는 사람, 맨 앞에서 한 교수의 눈을 또렷이 보고 있는 사람, 그리고 설레는 웃음을 머금고 있는 보라와 그 모습을 힐끗 쳐다보는 민준까지. 19명의 학생들은 제 각각의 모습을 하고 한 교수의 수업을 함께 했다.

“너희 중에 독버섯 먹어본 사람 있니? 아님 봤다거나.”

06학번에 군대 전역하고 칼복학한 동훈이 손을 번쩍 들고 대답했다.

“저 있어요! 어렸을 때 산에서 독버섯인 줄 모르고 잔뜩 따왔는데 할머니가 보시더니 독버섯이라고 다 버리시고 절 혼내셨어요. 전 모르고 그런 건데.”

“어린 마음에 꽤 상처받았겠네. 저번 주에 전역해서 이번 주가 첫 수업이지? 잘해보자.”

“네, 감사합니다!”

“또 다른 경험 있는 사람?”

“저희 할머니는 가끔 드셨다던데.”

“에? 너네 할머니 도인이시냐?”

보라의 대답에 다들 믿지 못하는 분위기였다,

“진짠데……. 할머니가 독버섯을 바닷물에 24시간 정도 담가두면 독성이 중화된대요.”

“옛날엔 먹을 게 없었으니까 그럴 수도 있겠다. 또 다른 경험 있니?”

다들 대답이 없었다.

"우리 때만 해도 산에서 놀다 보면 독버섯 많이 봤는데. 역시 세대차이가 나네. 독버섯은 당연히 먹으면 안 되는 독성을 지닌 무서운 존재야. 하지만 그들은 자연의 일원이고 가끔은 인간에게 도움을 주기도 한단다. 한 고교 과학동아리에서 독버섯을 활용한 천연농약을 개발하는 방안을 연구해서 화제가 된 적도 있고 독버섯에 있는 버티실린이라는 성분이 암세포 괴사를 자극하는 에토포사이드와 시드플라틴이라는 항암제의 효능을 높인다는 연구 결과도 있지."

다들 뜬금없는 독버섯이야기와 처음 들어보는 전문용어에 그저 고개만 끄덕이고 있었다. 물론 한 교수도 어떤 대답을 원한 건 아니었다.

"내가 이 이야기를 하는 건 너희가 앞으로 접할 모든 문화도 마찬가지라는 거야. 항상 주변에 있고 무의식 속에 존재하면서 너희를 위험에 빠뜨리고 합리적인 사고를 방해하는 게 문화야. 문화는 굉장히 비합리적이면서도 엄청난 힘을 가지고 있어서 잘못 활용하면 강한 독성으로 우리를 마비시킬 수도 있어. 하지만 독버섯에도 살충효과나 항암효과가 있는 것처럼 우리가 잘 알고 이해한다면 우리의 삶을 아주 윤택하게 만들어준다."

한 교수는 계속 말을 이어 나갔다.

"문화는 아주 익숙하지만 무서운 거야, 독버섯처럼 말이야. 난 이제 너희에게 이 독버섯을 맛있게 먹는 방법을 알려 줄 거야. 잘못 먹으면 죽을 수도 있으니까 잘 따라와야 한다?"

"네."

한 교수는 이제야 좀 안심이 된 듯한 표정을 지었다.

"오늘은 영상을 하나 볼까 해. 고작 2번째 수업인데 날로 먹는다고 할지 모르지만 혼자 보기 아까워서 보여 주는 거야. 다들 말콤 글래드웰이라는 사람 알지? 몰라? 그럼 아웃라이어는 알아?"

"저 알아요. 그거 읽어봤어요. 10,000시간의 법칙. 맞죠?"

"그래. 말콤 글래드웰은 아주 유명한 베스트셀러 작가야. 아웃라이어를 비롯해서 블링크, 그 개는 무엇을 보았나 등을 쓴 작가인데 2005년에 타임지에서 세계에서 가장 영향력 있는 100인에 뽑히기도 했어. 보라가 되고 싶은 비처럼 말이야."

다들 첫 수업시간을 생각하면서 보라를 보며 웃었다. 보라는 그 순간이 떠올라 또다시 얼굴이 붉어졌다.

"아무튼 그 유명하신 분께서 쓴 책 중에 티핑포인트라는 책이 있어. 아주 유명한 마케팅 관련 책인데 변화에 관한 이야기야. 티핑포인트란 쉽게 말해서 작은 변화가 큰 결과를 낳고 한 사람의 작은 움직임이 큰 사회적 현상을 일으킬 수 있다는 건데 그 사례들이 이 영상에 잘 담겨 있어."

"저 어떤 영상인지 알 것 같아요. 인터넷에서 봤는데 세 사람 이상 어딘가를 가리키면서 하늘을 보면 다 따라 본대요. 우리 신호등 기다리다가도 누가 가면 막 다 우르르 따라가잖아요."

"맞아. 나도 몇 번 그랬는데. 그런 장난치는 사람들도 있잖아. 위험하게."

"그래. 수현이가 좋은 예를 들었네. 그건 정확히 말하면 3의 법칙이라는 건데 2명일 때는 아무것도 아닌 일이 3명 이상 모이면 집단이라는 개념이 생기면서 다들 그 행동에 어떤 목적이 있을 거라고 추측하고 무의식적으로 따라 하게 되지. 티핑 포인트도 비슷한 맥락이야. 그럼 이제 영상 볼까? 길지 않으니까 다들 졸지 말고."

한 교수가 잠시 연구실로 간 사이 민준이 컴퓨터 앞에 앉아 영상을 틀었다.

"한 교수님 진짜 멋있지 않아? 말도 어쩜 저렇게 멋있게 하니?"

교수님 바라기 슬아는 수많은 하트가 그려진 강의노트를 끌어안고 말했다. 잠시 어수선한 와중에도 보라는 민준만 쳐다보고 있었다.

둘이 잘 어울릴까? 좀 차가워 보이는데. 연애 경험도 없어서 여자 맘도 잘 모를 테고……. 괜히 소영이한테 소개팅에 대한 안 좋은 기억을 하나 더 만들어 주는 거 아닌가 모르겠네…….

"오늘은 좀 멋있으시네. 그래도 교수님 애제자는 보라 아니야?"

명선이 슬아를 놀리듯이 말했다. 보라의 이름에 민준은 고개를 들어 보라를 쳐다본다. 한동안 민준을 관찰하던 보라와 눈이 마주쳤다. 이번이 두 번째. 둘은 이내 고개를 돌렸다.

곧 영상이 나오고 민준은 컴퓨터 앞에 앉아서, 보라는 맨 앞자리에서 영상을 감상했다. 둘은 이따금 눈이 마주치지만 민준은 눈인사를 하거나 웃는 리액션도 없다. 30분 정도 되는 동영상을 감상한 뒤 각자 소감문 겸 1학기 계획표를 작성해서 제출했다. 계획서를 다 작성한 후 하나둘씩 교실을 떠날 때쯤 보라는 슬그머니 민준에게로 갔다.

"선배님, 저 이 동영상 보내주실 수 있어요?"

"아, 그래. 메일로 보내줄……. 아, 메일 주소 알려줄래?"

"감사합니다! 잠시만요, 적어 드릴게요."

보라가 메일 주소를 적는 동안 보라의 동기인 혜지가 멀리서 손을 흔들며 말했다.

"오빠, 저도 주세요. 집 가서 보게."

"그럼 그냥 학과 카페에 올려놓을 테니까 봐."

주소를 반쯤 적은 종이를 꾸깃꾸깃 접으며 보라는 멋쩍게 웃었다. 그리고 왠지 기분이 묘해졌다.

뭐야, 혜지는 민준 선배랑 친한가? 오빠라고 부르네. 아웃사이더도 아니었네.

"보라야, 너 이거 끝나고 수업 없지? 명동 갈래?"

"어차피 월요일에 학교 나와야 해서 수업 하나 옮겼어. 2시에 수업이야."

"무슨 수업인데? 3학년 되니까 다 수업 따로 들어서 싫어. 타과수업 들으면 완전 왕따야."

소연이 칭얼댔다. 2학년 때까지만 해도 교양까지 다 맞춰서 듣던 친구들과 3학년이 되니 각자 특성에 맞게 타과수업을 골라 듣느라 겹치는 게 거의 없다. 기껏해야 전공 1, 2과목 정도인데 그것도 재수강하려고 하면 다른 학년하고 들어서 학과수업임에도 괴리감이 든다. 친구들하고 떨어지다 보니 자신의 대학생활을 좀 더 객관적으로 보게 되는 시기도 3학년. 3학년 때 어떤 수업을 듣고 어떻게 생활하는 지가 대학생활을 결정짓는다고 해도 과언이 아니다.

보라는 창의적 사고와 표현이라는 1학년 대학교양수업을 혼자 듣는다. 사실 이 수업 역시 제목 때문에 선택했는데 알고 보니 토론 수업이었고 자신 말고는 1학년이 아닌 학생이 없었다. 얼떨결에 왕고참이 돼서 자연스럽게 조장이 되었고 이번 주에 '예술과 외설의 경계'를 주제로 토론을 펼쳐야 한다.

"자, 오늘은 1조가 발표할 차례네요. 첫 토론이라 다들 긴장한 것 같은데. 손들고 반론 제시하고 서로 인신공격은 하지 말고. 흥미진진한 토론을 해봅시다."

"안녕하세요. 예술과 외설의 경계에 관한 토론을 진행할 2조입니다. 우선 저희 의견은 예술과 외설의 경계는 존재하며 그 존재에 대한 당위성이 충분하다는 것입니다. 한 번 거꾸로 생각해봅시다. 예술과 외설의 경계가 없다면 어떻게 될까요? 이 둘을 나누는 정해진 기준이 없는 이상 배급자들은 자의적으로 기준을 정할 것이고 별다른 양심의 가책 없이 외설적인 것에 예술이라는 이름을 갖다 붙일 것 아닙니까? 또한 매체를 받아들이는 수용자 역시 예술의 탈을 쓴 외설에 속아 우리에게 유해한 것들에 그대로 노출될 것입니다. 즉, 둘을 나누는 기준과 경계는 배급자에게는 양심의 기준을, 수용자에게는 매체의 수용 정도를 판가름할 수 있는 잣대로써 꼭 필요합니다."

보라의 차분한 목소리로 토론이 시작되었다. 다들 처음에는 쭈뼛거리며 반론을 제대로 제시하지 못했지만 남다른 포스를 풍기는 2명의 윤리교육과 학생을 선두로 폭풍 같은 반론을 쏟아냈다.

"상업성을 추구하는 것은 모든 인간의 경제활동 목적입니다. 포르노나 상업영화나 결국 돈을 벌고자 하는 목적은 같죠. 그 차이를 어떻게 규명하죠?"

"물론 저희도 동의합니다. 상업성 자체는 절대 나쁜 게 아니죠. 그 자체를 부정하는 것이 아니라 성적인 본능과 욕구를 다루는 부분이 상업성과 결부될 경우는 문제가 된다는 것입니다."

"성적충동 역시 인간의 본능 아닙니까? 그걸 부정적으로 보는 것은 옳지 않다고 생각합니다."

"물론 각 각의 특성만 본다면 나쁘다고 할 수 없고 결합되었다 하더라도 예술로 분류할 수 있는 경우도 있습니다. 반론을 제기하신 분도 그 부분을 말씀하시는 것 같습니다. 하지만 저희가 문제 삼고자 하는 부분은 둘이 부정적으로 결합하여 '외설적인' 표현으로 나타났을 때는 충분히 문제 삼을 수 있다는 것입니다. 결국 요지는 '포르노'와 '상업영화' 속에 나타나는 성적인 표현은 어떻게 구분해야 할지를 결국 묻고 계신 것 아닙니까? 모두 어느 정도의 상업성을 목적으로 두고 있으며 두 작품에 모두 남녀의 정사신이 나왔다고 친다면 말입니다. 하지만 같은 장면이라도 '포르노'에 나온 정사신은 외설로, '상업영화'에 나온 정사신은 예술로 볼 수 있죠. 그 경계가 바로 '개연성'과 '목적' 입니다."

똑 부러진 보라의 말투에 토론장은 잠시 술렁거렸다. 한 치의 물러섬도 없이 윤리교육과의 1학년 다크호스와 보라는 대립하고 있었다. 전혀 언성이 높아지거나 주제에 벗어남 없이 둘은 차갑지만 열정적으로 토론에 임하고 있었다. 다른 학생들은 물론 토론을 중재하는 교수까지도 숨을 죽이고 둘의 이야기에 집중하고 있었다.

확실히 1학년 사이에서 보라는 돋보였다. 언어 선택에서도, 토론을 진행하는 태도에서도 주도권을 잡고 있었다. 4명의 조원들 모두 반론이 나오면 보라를 쳐다보기 급급했고 보라는 기다렸다는 듯이 대답을 했다. 토론이 중반에 치달을 때쯤 듣고 있던 교수는 뭔가 잘못되었다고 느끼고 토론을 잠시 중단시켰다.

"자자, 너무 소수만 토론에 참여하는 것 아니야? 다들 반론을 준비해오라고 했고 2조 역시 같이 토론준비를 했을 텐데 너무 한 명에게 의존하는 것 같구먼. 다들 이러면 점수에 좋지 않아."

교수의 이야기에 보라는 다음 이야기를 옆에서 열심히 받아 적고 있는 호민에게 넘기고 그다음 반론을 준비했다.

"음, 포르노의 경우 서사구조의 개연성에 관련 없이 그...... 정사신이 매우 자주 등장합니다. 보신 분들은 아시..아 그게 아니고요. 아무튼 대부분의 포, 포르노가 아주 단순한 서사구조를 지니고 있고 서사구조가 전혀 없는 것도 많아요. 하지만 상업영화의 경우 충분한 개연성을 가지고 정...사신이 등장하고 그 빈도수 역시 포르노에 비해 현저히 적거든요."

보라는 들으면서 아차 했다. 첫 토론 수업에 첫 주제가 예술과 외설의 차이인 것도 모자라 처음 입을 떼고 한 말이 포르노에 정사신 이야기라니. 민망한 단어가 나올 때마다 호민은 어쩔 줄 몰라서 말을 더듬거렸고 장내는 웃음바다가 되었다.

"이 이야기까지는 보라 학생이 하는 게 나았겠네. 아니면 다들 자기가 본

최고의 정사신 하나씩 꼽아볼까?"

교수의 농담으로 분의기가 많이 풀어졌고 즐거운 분위기로 토론을 이어갈 수 있었다.

"저희가 제시하고자 하는 가장 보편적인 기준은 '성적인 표현의 목적이 단순히 성적인 흥분을 일으켜 상업적 이득을 추구하는 것인가, 아니면 최소한으로 제한된 성적인 표현을 통해 또 다른 미적 목적을 드러내거나 작품에 개연성을 부여하고자 함인가?' 입니다. 더 좋은 기준은 더 많은 토의를 통해서 함께 만들어갈 수 있겠죠?"

보라는 마지막 말을 남기며 속으로 쾌재를 불렀다. 1학년 속에서 뻘쭘하지 않을까 걱정하며 수업을 바꿀 뻔했던 것이 아찔하게 지나갔다. 1시간 동안 이 수업의 주인공이 된듯한 기분에 취해 어떻게 시간이 흘렀는지도 모를 만큼 수업에 집중했고 마치 꿈같은 시간이었다.

"말을 아주 잘하네."

"감사합니다."

흘러가는 말이었지만 보라의 마음에는 큰 파동이 일었다. 사실 보라는 노력하는 것보다 칭찬을 많이 받고 자란 편이 아니었다. 어린 시절 보라는 동네에서 꽤 유명한 아이였다. 전교성이 100명이 조금 넘는 한 반뿐인 초등학교에서 보라는 육상 선수이면서 배드민턴 선수였고, 미술대회와 글짓기대회에 나가 꼬박꼬박 상을 탔으며 과학 경진대회, 웅변대회, 수학경시대회까지 안 나가본 대회가 없었다. 작은 학교에서 상대적으로 기회를 더 많이 잡을 수 있었고 그 결과 보라는 학업성적이 우수하면서 활동적인 학생이 되었다. 중학교에 가서는 더 돋보였다. 시험마다 전교 1등을 놓치지 않았고 주요 5과목뿐만 아니라 예체능에서까지 두각을 나타냈다. 그렇다고 특별히 보라를 시기하는 친구들은 없었다. 모두 보라가 칭찬받는 것을 당연하게 여겼고 보라가 1등이 아닌 것을 이상하다고 생각했으니까. 하지만 선생님들의 시각은 조금 달랐다.

중학교 3학년 때 담임선생님이 보라를 조용히 불렀다. 보라는 잘못한 일이 없었기에 당연히 칭찬받을 일인 줄 알았다. 하지만 선생님은 보라에게 당시로써는 이해하기 힘든 말을 했다.

"보라는 열심히 해서 참 보기 좋아. 언제나 남들보다 모든 일을 잘 해내지. 하지만 가끔은 그런 모습이 친구들에게 안 좋은 영향을 끼칠 수도 있어."

보라는 전혀 이해하지 못했다. 언제나 친구들에게 모범이 되는 1등이라고 생각했는데…….

"보라가 너무 열심히 하고 또 잘하니까 다른 친구들이 누릴 기회가 많이 없어져. 다들 너만큼 열정적이지도 않고 맡긴하고 해도 너보다 잘할 자신이 없으니까 뭐든 네가 하는 걸 당연하게 생각하고 경쟁하려고 하지 않잖아."

"그래서 제가 어떻게 하면 되나요? 전 그냥 제가 할 수 있는 걸 열심히 하는 것뿐인데……."

"그렇다고 보라가 열심히 하지 않길 바라는 건 아니야. 아주 잘하고 있지만 친구들에게 기회를 조금 나눠주는 건 어떨까 싶어. 선생님 입장에서는 다 같이 아자아자 했으면 좋겠거든."

사실 이날 보라는 상처를 받았다. 욕심부린 것도 아니고 다른 친구들을 이겨보겠다는 마음도 아니었다. 그냥 보라는 남들이 하기 싫어하는 일도 재미있게 했을 뿐이고, 또 꽤 잘해냈을 뿐이다. 그런 모습에 친구들이 자신감을 잃거나 기회를 박탈당할 거라고는 전혀 생각하지 못했다. 어쩌면 그것은 선생님의 노파심에서 나온 생각일지도 모른다.

사실 그때 보라도 그렇게 생각했다. 선생님이 잘못 생각하신 거라고. 하지만 대학에 와서 똑같은 이야기를 들었다. 수업만큼 대외활동을 열심히 하던 보라를 시기한 친구와의 다툼이 원인이었다. 혼자서만 알아보고 이것저것 재밌어 보이는 일을 하는 보라가 얄미웠던 것이다. 물론 보라는 억울했다. 항상 좋은 기회가 생기면 친구들에게도 말을 했고 힘든 일도 많지만 내색하지 않았을 뿐인데 보라는 졸지에 얌체가 되어버렸다. 그리고 결정타는 한 선배의 조언이었다. 어쩌면 이것이 보라의 삶에 티핑포인트일지도 모른다.

"너는 항상 탄탄대로만 걸어왔잖아. 좌절을 겪어보지 않았으니까 한 번쯤 좌절해 보면 배우는 게 많을 거야."

분명 보라를 위한 조언이었지만 보라에게는 너무 슬픈 말이었다. 과제를 위해 수많은 밤을 지새우면서 하고 싶은 대회활동의 기회를 잡기 위해서 수십 곳에 원서를 넣고 떨어지고를 반복했었고, 그러면서 아르바이트까지 병행해야 했던 대학생활은 그리 녹록한 일이 아니었다. 하지만 다 이겨내고 밝게 웃으려고 노력한 것인데 그 모습이 그렇게 쉬워 보였던 걸까? 힘들어도 티 내지 않으면 힘들지 않은 걸까? 보라는 그렇게 3의 법칙에 굴복하고 열심히 하다가도 자신도 모르게 스스로 제동을 건다. 혹시 내가 남의 기회를 뺏지는 않았을까? 너무 열심히 하는 모습이 욕심쟁이로 보이지 않을까?

내 노력 없이 다 잘 된다고 시기하지 않을까? 그래서 지금도 보라는 한껏 기분이 좋았다가 잠깐 우울해졌다.

내가 또 자라나는 1학년들의 기회를 뺏은 걸까?

멀리서 보라와 같은 조였던 정은이가 달려왔다.

"언니, 오늘 진짜 멋있었어요! 저희 조 언니 아니었음 진짜 망했을 거예요."

"아니야, 너희랑 같이 준비한 건데 나만 말한 거 같아서 좀 미안해지네."

"무슨 말씀이세요! 저희 진짜 계속 벙쪄 있어서 언니가 다 수습해준 건데. 다음에는 저희도 열심히 준비할게요!"

뻔한 말이라도 보라는 고맙다. 자신의 노력을 확인시켜주는 짧은 말들에 보라는 안도한다. 아직은 괜찮구나.

시간을 확인하려고 휴대폰을 보니 문자가 3개나 와있다. 형철이었다.

[소개팅 어떻게 됐어? 해줬어?]

[수업 중? 안되면 너라도 해야 한다.]

[문자 보면 얼른 전화해라~ 선배가 문자를 3개나 보내게 하다니. 건방진 후배 자식아.]

뭐가 이렇게 급한지. 처음은 원래 더 신중해야 된다구요.

[말은 해놨는데 아직 민준 선배한테는 말 못했음. 민준 선배 급하대요?]

[빨리 번호 넘겨! 민준이 연애는 내가 책임져야 하는 의무가 있단 말이다.]

보라는 괜히 부담이 되면서 짜증이 났다. 왜 남의 연애에 이렇게 열을 올리는지 보라는 형철이 탐탁지 않다.

자기 연애에나 좀 신경 쓰지. 괜한 사람 물들여 놓는 거 아니야? 둘은 어쩌다 친해진 거야.

[오늘 문자해서 말할 거니까 일 그르치지 말고 가만히 계시길.]

형철에게 문자를 보내고 휴대폰에서 번호를 찾아보았다. 다행히 민준의 번호가 있었고 보라는 문자를 보냈다.

[민준 선배님, 저는 08학번 전보라라고 해요! 제 번호 없으시죠? 번호 받아 놓고 연락 못 드려서 죄송해요.]

대뜸 소개팅 얘기부터 꺼내기가 그래서 상투적인 이야기로 첫 문자를 보냈다. 사실 이 소개팅의 성사를 가장 바라는 것은 당사자도 아니고 부탁한 형철도 아닌 보라다.

생각보다 답장이 빨리 왔다.

[아, 무슨 일이야?]

별다른 반응을 기대한 건 아니지만 보라는 괜히 기분이 상했다.

문자에서조차 인간미가 없네. 괜히 소영이 시켜준다고 했나 봐.

너무나 형식적인 민준의 문자에 소개팅 얘기를 꺼내는 것이 민망해진 보라는 재빨리 다른 화제를 생각하기 위해 머리를 굴렸다. 하지만 한 번도 이야기를 나눠본 적이 없는 민준과 공통된 관심사가 있을 리 없었다.

[선배님, 소개팅하실래요? 제 생각이지만 선배님이랑 진짜 잘 어울릴 것 같은 사람이 있어서요!]

보라는 문자를 보내놓고도 무례한 것 같아서 눈을 질끈 감았다.

생전 처음 나눈 문자가 소개팅 문자라니. 네가 뭘 안다고 소개팅이냐고 화내면 어떡하지?

5분쯤 지났을까? 문자가 왔다.

[그래. 난 6시 이후로는 시간 괜찮아. 평일이었으면 좋겠는데.]

생각보다 쿨한 대답에 보라는 더 놀랐다.

형철 선배가 말했나? 뭐야, 은근 기대하고 있었나 보네. 역시 친한 이유가 있었어.

[소영아, 수요일 7시 소개팅이다. 오늘부터 금식이다잉.]

그러고 보니 그날은 보라도 소개팅이 잡혀있는 날이었다. 민준의 모태 솔로탈출 때문에 정작 자신에게는 신경 쓰지 못했다니. 보라는 갑자기 다급해졌다.

소영과 보라는 매일 서로의 식단을 체크해주며 소개팅을 준비했고 나란히 수요일 7시에 거사를 치렀다. 결과는 불행히도 정반대였다.

"너무 하이클래스 아니니? 완전 교수님이야. 고흐 얘기하면서 뭐라더라? 대체불가능성?"

"취미가 뭐에요 보다 훨씬 창의적인데? 유익한 소개팅이었겠네. 잘 어울릴 것 같았는데 아깝다."

민정이 소영이를 비꼬듯이 놀렸다.

"그리고 보라는 지금 소개팅 남이랑 문자 하느라 네 얘기 하나도 안 듣고 있는 것 같은데?"

민정의 말이 맞다. 사실 보라는 지금 소영의 얘기에는 신경 쓸 겨를이 없다. 수요일에 만난 남자는 보라에게 최고의 짝이었다. 사진 찍는 걸 좋아하는 취미도 비슷하고 대화도 잘 통했다.

"내가 더 좋은 사람으로 해줄게. 근데 이 남자 좀 헷갈리게 행동해. 만나서는 잘해주는데 문자를 진짜 늦게 보내."

"밀당하는 거 아니야? 만나서 어떻게 하는데?"

여자들은 연애를 남자가 아니라 친구들과 한다. 남자와의 첫 만남이 시작되면서부터 여자는 친구들과의 만남이 잦아진다. 오늘은 문자를 몇 통했고, 이 사람이 이렇게 말했고 이런 행동을 했어. 라며 모든 기억력을 동원하여 친구에게 그 사람에 대한 이야기를 한다.

"어제 영화 보러 갔단 말이야. 근데 원래 내가 안쪽에 앉으려고 했는데 그 옆자리에 남자가 앉아있으니까 바꿔 앉자고 하고 치마 입었다고 외투

무릎에 놔주고.”

“완전 매너남이네? 근데 너무 그러면 좀 바람기 있어 보여.”

“친절하면 다 바람기냐? 승호도 나한테 완전 잘했는데 지금까지도 잘하잖아. 천성이 그런 애들도 있어.”

“아닌 애들이 더 많으니까 그렇지. 나 전에 소개팅했던 사회학과 기억나? 완전 팝콘 입어 넣어주고 장난 아니었다. 근데 3일 동안 연락 씹더니 여자친구 생겼잖아.”

“그리고 이 오빠가 어제는 문자 2시까지 하다가 마지막에 하트 쏴줬어. 1시간 씹고 온 거긴 하지만.”

보라는 어제의 문자가 아직도 생생하다.

보라의 친구들은 각자의 연애경험이론을 바탕으로 남자의 심리를 면밀히 파악했다. 솔로인 소영은 그에 대해 부정적이었고 2년째 연애 중인 민정은 긍정 쪽이었다. 이들이 이렇게 대답하는 근거는 단 하나.

“나도 그랬거든.”

보라는 연애상담을 하면서 문화와 상상력 수업시간에 들었던 이야기가 생각났다.

한 교수는 칠판에 크게 13을 썼다. 정확히 13이라기보다는 13으로 보이는 모양이었다.

“이게 무엇으로 보이니?”

한 교수의 질문은 바보 같았다.

"13이요."

13을 써놓고 무엇이냐고 물었으니 대답 역시 13이었다.

한 교수는 씩 웃더니 앞에는 조금씩 떨어져 있는 A를 뒤에는 C를 썼다.

"지금은?"

잠시 머뭇거리더니 한 명씩 대답했다.

"C요."

대답을 하면서도 이 질문의 요지가 대체 무엇인지 파악하기 힘들었다.

"그래. 그럼 하나 더 물어볼게. 한 남자가 다급하게 바에 들어가서 주인에게 말했어. 'Water!' 그랬더니 주인이 총을 쐈고 다행히 빗나가서 뒤에 벽에 총알이 박혔지. 그랬더니 그 남자가 'Thank you.' 라고 말한 후 100달러를 놓고 갔어. 이게 무슨 경우일까?"

한 교수는 또 이상한 질문을 했다. 이번에도 바보 같은 질문이었다. 수업을 듣는 학생의 반은 질문 자체를 이해하지 못했고 나머지는 왜인지 골똘히 생각했다,

"살려줘서 고맙다고 100달러를 준 건가요?"

"멍청아. 죽이려고 하다가 실패한 건데 무슨 소리야."

"그럼 왜 100달러를 준건데? 너도 모르잖아."

"자자, 싸우지 말고. 좀 더 생각해봐. 어떤 인과관계가 숨어 있을까?"

"너무 어려워요~. 왜 준거에요?"

보라도 인상을 쓰고 고민을 하고 있었다.

왜 죽이려고 하는데 고맙지? 자살하려고 했나? 근데 살았잖아, 결국. 아, 뭐야 대체. 답이 있긴 한 거야? 교수님한테 감사의 마음을 전하려면 대답이라도 열심히 해야 하는데……. 찬찬히 생각해보자. 들어오자마자 물을 달라고 했는데 갑자기 총을…….

"빵!"

"아, 깜짝이야. 뭐야, 갑자기?"

수현의 장난이었다. 인상을 팍 쓰고 고민하는 보라가 꽤 웃겼나 보다.

"너 인상 쓰고 고민하는 게 웃겨서. 뭘 또 그렇게 놀라."

이때 보라의 머릿속에 섬광이 비쳤다.

"아! 교수님 혹시 그 남자가 딸꾹질을 하고 있었나요? 그래서 물을 찾았는데 총을 쏘니까 놀라서 딸꾹질이 멈춘 거예요!"

보라의 대답에 모두들 고개를 끄덕였다.

"정답이야. 정말 대단한데? 이걸 맞춘 사람은 보라가 처음이다."

예스! 한 건 했다. 역시 예습의 효과가 있군.

"보라의 대답에는 내 질문에 없는 게 있어. 그게 뭘까? 이제 질문은 좀 지겹지? 바로 문맥(Context)이야. 다른 말로는 'Bread Crumbs'(빵 부스러기), 'YAH'(You Are Here: 자기위치 정보표시)라고 부르지. 그럼 앞에 13에 대한 이야기도 해석해볼까? 민준이가 대답해보자."

"아, 13은 단독으로 있을 때는 13으로 보이지만 앞에 A와 C가 오면서 문맥상, 정황상, 이 상황에서는 그림 상 B가 되는 겁니다. 더 가까운 예를 들자면 '이번에 학점이 3.5점이 나왔다.' 라는 문장이 앞에 평소에는 4점이 나오는데 라는 문맥과, 평소에는 3점이 나오는데 라는 문맥 속에서 전혀 다르게 해석되는 것과 같은 이치입니다."

"학점으로 이야기하니까 여기 있는 학생들 표정이 확확 달라지는구나. 영혜는 평소에 4점 맞는 표정이고 수현이는 3점 맞는 표정인데?"

정곡을 찔렸다는 듯이 수현이는 주먹을 쳤다.

"모든 명제는 어디에 위치하느냐에 따라서 다 가치가 바뀔 수 있는 거야. 너네 연애할 때도 똑같다? 앞뒤상황 안 따지고 어떻게 나한테 그런 행동을 할 수가 있지? 라고 생각하고 그러잖아. 그 사람의 정황을 따져보면 다 이해할 수 있는 일일 거야."

사실 그랬다. 문자가 늦는 것에만 집착하고 신경 쓰고 있지만 사실 그 사람은 지금 운전을 하고 있거나 엄숙한 자리에 가 있을지도 모르는 일. 모든 일이 다 따지고 보면 이해 못할 일도 없다.

공부가 연애에도 도움이 되네. 민준 선배도 그 풍부한 지식을 연애에도 응용하고 접목시켜보면 형철 오빠보다 훨씬 더 잘할 텐데.

친구들과의 대화 속에서 잠시 동떨어져 생각하던 보라도 이내 대화에 집중하고 이런저런 이야기로 2시간이 훌쩍 흘렀다.

"우리 이제 갈까? 벌써 11시야."

"그래. 자세한 얘기는 다음에 만나면 해줘. 문자 먼저 하지 말고!"

"맞아. 넌 너무 밀당 안 하고 하고 싶은 말 다해서 문제라니까."

3시간이 넘는 대화에도 자세한 이야기는 다음에 하자는 여자들의 수다는 정말 경이롭다. 그들은 과연 말하기 위해 태어난 듯하다.

그렇게 헤어지고 보라가 잠이 들 때까지 그에게서 문자는 오지 않았다. 그러나 보라는 조바심 내거나 먼저 문자를 보내지 않았다. 보라는 그는 그의 하루의 문맥 속에서 분명 문자를 하지 못하는 이유가 있었을 것이라 생각하면서 휴대폰을 꼭 쥔 채 잠이 들었다.

#05 가장 가치 있는 것은 가치를 매길 수 없는 것이다.

수업이 끝난 오후.

보라는 여느 때처럼 컴퓨터를 하다 재미있는 글 하나를 발견했다.

[제목: 모태솔로란 이런 것이다!]라는 글이었다. 글을 클릭하자 포털사이트의 지식인에 누가 질문한 것을 캡쳐해 놓은 것이었다.

Q. 이거 왜 이러는 거죠?

제 마음이 제 맘대로 안 돼요. 자꾸 불쑥 화가 나고 갑자기 누가 생각나고 그러는데 제가 최면에 걸린 건가요? 말도 별로 안 나눠봤고 어떤 사람인지도 잘 모르는데…….

좋아지려면 최소한 어떤 정보가 갖춰져야 하지 않나요? 아니면 그냥 단순한 대상에 대한 호기심인 건지…….

답변 좀 해주세요.

대충 증상은 일에 집중이 안 되고 잘 알지도 못하는 사람이 자꾸 생각나고 눈에 보이면 신경이 거슬려요. 좋다는 느낌이 아니라 거슬리고 신경 쓰여요. 보면 설레고 그런 건 아니고요. 내공 50 겁니다.

이 글에서 더 재미있는 건 글쓴이의 지식 내공이 신이라는 거다. 온갖 지식을 섭렵하고 있는 사람이 자기 감정하나 몰라서 지식인에 내공을 50이나 걸고 올려놓다니. 당연히 댓글에는 비웃음뿐이었다.

re: 님 바보 아님? 백퍼 좋아하는 거 같은데 자꾸 부인하려는 거 같음.

re: 모태 솔로 성지 순례해야겠다. 어떻게 자기감정을 이렇게 모를 수 있지? 태어나서 강아지도 좋아해 본 적 없는 사람 같음.

re: 순수하다고 할 수도 있지 않나? 사랑의 시작이 다 그런 거지. 첨부터 뿅하는 게 아니라 글쓴이 말처럼 자꾸 신경 쓰이고 생각나는 게 사랑의 시작인 것 같음. 예쁜 사랑 하세요.

re: 아 이런 남자 진짜 답답함;;;

보라도 댓글을 하나 추가했다.

re: 세상에서 가장 중요한 걸 놓치고 사셨네요. 신세계로 들어오신 걸 환영합니다.

마음에 드는 댓글을 달고 과제를 보낼 겸 메일에 로그인했는데 한 교수에게 오랜만에 메일이 왔다. 보라는 언젠가부터 메일을 기다리고 있었다.

[사랑에 대한 개념이 뭘까?]

보라 학생, 사랑이 뭘까요? 사랑을 결정짓는 개념이 뭔지 생각해 보았어요? 사실 난 사랑에 대해 잘 몰라요. 사랑이 뭔지 학문적인 것 이외에는 생각해 본 적이 없어서 7살짜리 꼬마애보다 더 모를지도 몰라요. 내가 알고 있는 학문적인 사랑을 말해주면 진짜 사랑이 뭔지 보라 학생이 설명해줄래요?

아까 봤던 지식인의 모태 솔로가 생각난다.

귀여우시네. 설마 교수님도 모태 솔로 아니야?

[사랑이요? 글쎄요, 그게 먹는 건가요?]

의외에요! 교수님께서는 정말 정열적인 사랑만 해보셨을 것 같았는데 의외로 학구파셨나 봐요? 역시 소문은 믿으면 안 되는 거라니까요? 제 첫사랑은 초등학교 3학년 때였어요. 좋아하는 남자애가 있었는데 웃는 게 꼭 햇살 같았어요. 4년이나 좋아했는데 그 남자애는 제 친구를 좋아했어요. 어렸지만 내가 좋아하는 사람이 나를 좋아하지 않는다는 느낌은 정말 슬프더라고요. 한 번은 친구들이 절 놀린다고 제 입에 닿았던 사탕을 그 친구 입에 가져다 댔는데 완전 놀라면서 화를 내는 거예요. 그 모습에 충격을 받아서 울면서 교실을 뛰쳐나왔어요. 그리고는 수업도 안 들어가고 옥상에서 혼자 얼마나 울었다고요. 그게 초등학교 5학년 때인데 정말 그때부터 저는 청승이죠?

그리고 수업시간에도 혼자 울컥해서 내내 울고 꽤 사랑의 열병을 앓았던 것 같아요. 그 후로도 그렇게 좋아한 사람이 있었는데 그때마다 '내가 좋아하는 구나'를 느끼게 했던 몇 가지 감정을 말씀드릴게요. 우선 너무 궁금해요! 그 사람이 뭘 좋아하고 지금 뭘 하고 있고 그런 사소한 것들이 다 알고 싶어요. 세상에서 저 사람은 내가 제일 잘 아는 사람이었으면 좋겠다고 생각해요. 그러고 나면 시간을 함께 하고 싶어져요. 같이 밥도 먹고 싶고 같이 놀고 싶고 혼자 있는 게 재미없어져요. 그리고 결정적으로 질투가 나요. 내가 아닌 다른 사람을 생각하는 게 화가 나요.

교수님은 정말 이런 감정을 느껴본 적이 없는 거예요? 설렘이나 보고 싶은 마음이나 질투 같은 것도요?

[그게 정말 사랑이라고요?]

엄청 대단한 건 줄 알았는데, 그럼 그 사람이 잘됐으면 하고 바라는 마음도 사랑이라고 할 수 있을까? 요즘 부쩍 그렇거든. 아무튼 사랑에 대한 개념도 설명해줄게요. 들으면 나중에 사랑할 때 좀 더 똑똑하게 사랑할 수 있을 거예요. 스팅그러라는 사람이 있는데 참 낭만적인 사람이에요. love에 대해 가장 잘 아는 사람이라고 할 수 있는데 두 가지로 나눠서 보았어요. 친밀함(intimacy)은 사적인 것(private)에 대해 알고 싶은 마음이에요. 보라 학생이 말한 그 사람에 대해 다 알고 싶은 호기심 같은 거죠. 헌신(commitment)

은 좀 다른 개념인데 친밀함은 정신적인 것과 육체적인 것이라면 헌신은 재산이나 시간을 말 그대로 헌신하는 거죠.

사람들을 보면 둘 중 하나만 가지고 있는 사람도 있어요, 예를 들면 친밀함만 가지고 있다면 그냥 옆에만 두고 싶고 외적으로 좋아하거나 흥미로워하는 정도겠죠. 반대의 경우는 짝사랑같이 한쪽에서만 일방적으로 잘해 주는 거라고 할 수 있어요. 두 가지가 다 잘 어우러져야 최선의 사랑이겠지만 쉽진 않을 거예요. 이렇게 열심히 설명하다 보니 사랑은 이론이 아니라 실전이네요. 보라 학생이 경험했던 모든 게 이 이론보다 더 정확하니까요. 마음으로 하는 걸 머리로 하려니 될 리가 없죠, 그쵸?

생각해보면 사랑이나 문화 같은 건 이론보다 느끼고 경험하는 게 더 중요한 것 같은데, 교수님은 왜 그걸 모르고 계셨을까?

메일을 주고받을수록 보라는 한 교수가 괜히 측은해졌다.
[보라야, 민준이 소개팅 잘 안 된 거 맞아?]
형철의 문자였다.

민준 선배를 소개팅해준 건 지, 형철 오빠를 소개팅해준 건 지.

[민준 선배가 나가서 고흐의 그림에 대해 역설하셨다던데요? 말 다했죠.]
[그걸 진짜 했대? 이자식이 나한테 전수해준 걸 자기가 써먹다니. 근데 애

왜 이러지?]

[민준 선배가 어떤데요?]

[몰라, 이상해. 난 잘 됐는데 괜히 부끄러워서 그러는 줄 알았네.].

[암튼 둘이 연락 안 한댔어요. 근데 오빠 여자 친구 생긴 거에요?]

보라는 몇 번이고 물을까 말까 하던 질문을 했다.

[웬 여자 친구? 난 맨날 여자 친구 있어야 정상이냐?]

뭐지? 그때 분명히 여자랑 같이 들어갔는데…….

[소문 안 낼게요. 그때 다 봤거든요?]

[언제 말하는 건데? 뭘 봤다는 거야. 진짜 난 가만히 있어도 소문이 나냐. 짜증난다, 진짜.]

형철의 반응에 보라는 어쩔 줄 몰랐다. 평소 화를 내지 않고 이런 문제로 놀려도 허허 웃어넘기던 형철이었는데 이번엔 달랐다.

[다들 남의 일에 왜 그렇게 오지랖인데? 수현이도 그러더라. 얼마 전에 내가 자취방에 여자랑 들어가는 거 봤대. 알고 보니까 그냥 같은 건물 사는 애더라고. 내가 그런 것까지 일일이 신경 써야 되냐?]

아뿔싸. 신수현이 먼저 찔렀구나.

[그런 거 아니에요. 우리 과 사람들이 다 재미없으니까 그렇죠. 오빠가 또

잘 받아주고 하니까 괜히 장난으로 그러는 거죠.]

[아무튼 진짜 난 이제 누구 좋아하지도 못하겠다. 상대방은 무슨 죄야. 아무튼 쉬어라.]

보라는 그날 다른 친구들에게 형철에 대한 말을 하지 않은 것을 다행으로 생각했다. 자신이 가십거리가 되는 것은 죽기보다 싫으면서 남의 이야기는 쉽게 했던 모순적인 자신에게 화가 났다.

"마지막으로 묻자. 너 진짜 좋아하는 사람 없어?"

형철은 몇십 분 째 민준을 추궁하고 있지만 민준은 묵묵부답이다.

"좋아하는 사람이라니. 내가 그런 게 있을 리가 없잖아?"

"물론 그렇지. 내가 그걸 모르면 너한테 묻지도 않아. 근데 너 왜 그러냐?"

"내가 어떤데 그래?"

민준은 사실 형철에게 확인받고 싶었다. 자기가 생각해도 이해가 안 되는 자기 모습을 제 3자의 눈으로 보면 좀 해답이 나오지 않을까 해서다.

"너 요즘 자꾸 비실비실 웃고 안 하던 싸이질을 하질 않나. 논문만 보던 녀석이 웬 연애 심리학 책을 보고 있어?"

"그건 그냥 요즘 연구하는 게 그쪽이라서 그래. 다 그냥 공부하는 거야."

"나 여자 친구 생겼다고 여자가 뭘 좋아하는지, 어떻게 고백했는지 꼬치꼬치 캐묻는 것도 다 표본조사 뭐 이런 거냐? 안 그래도 요즘 싱숭생숭한데 자꾸 캐물어서 얼마나 짜증 났다고."

"그렇지. 그럼 뭐 하나 또 물어보자. 펩시콜라랑 코카콜라 맛 구별하는 실험 알지?"

"콜라랑 사이다 눈감고 먹으면 구별 안 된다던데, 뭐 그런 류야?"

"아니. 펩시가 코카콜라를 이기려고 블라인드 테스트를 했는데 작은 잔에 펩시와 콜라를 담아놓고 맛 테스트를 하니까 다들 펩시가 맛있다고 하더라는 거야. 그래서 그때 잠깐 코카콜라를 이긴 적도 있었어. 근데 코카콜라가 가만히 당하고 있을 리가 없지. 코카콜라는 한 병을 다 마시게 했어. 작은 잔이 아니라. 그랬더니 다 코카콜라가 맛있다는 거야."

"그게 뭔 상관이야? 너 갑자기 웬 콜라 얘기냐?"

민준의 이야기에 형철은 어이가 없었다. 지금 이 위기상황을 모면하기 위해 수를 쓰는 건가?

"그 차이는 단맛에 있었는데 펩시는 코카콜라보다 달아서 조금 먹을 땐 맛있지만 많이 먹기엔 질리거든. 근데 이게 중요한 게 아니라 구별하는 대상을 3개로 늘리잖아? 그럼 자기가 좋아한다고 했던 대상이 바뀐대. 갑자기 불안정해지는 거야. 4개로 늘리면? 5개면? 완전 달라지지."

"그래서 하고 싶은 말이 뭐야? 난 개인적으로 펩시 좋아해."

"인간의 선호도는 이렇게 불안정해. 선호도가 사랑이랑 다르겠어? 다른 사람들보다 이 사람이 좋은 게 사랑이잖아. 근데 이게 이렇게 불안정하다면 내가 정말 이 사람을 좋아하는지 어떻게 확신하겠어? 안 그래?"

형철은 민준이 정말 사랑에 대해 진지하게 고민 하고 있다는 게 조금은 당황스러웠다. 집요하게 캐면서도 한편으론 좋아하는 사람이 생겼을 거란 확신을 갖지 못했기 때문이다.

“갑자기 좀 당황스러운데……. 그게 왜 궁금하냐 갑자기?”

“말했잖아. 연구 중이라고. 말해줘. 넌 지금까지 여자 친구 사귈 때 어떻게 확신했어? 어떤 확실한 이유가 있긴 해? 그냥 접근성이나 유사성에 의해서 가까이 있고 너랑 비슷하니까 좋아한 거야?”

“누가 사람 좋아할 때 그런 거 따지냐? 그럼 국제결혼이 가능하겠어?”

“그럼 대체 뭐야. 좋아하는 게 뭔데? 그냥 알고 싶고 보고 싶고 다른 사람이랑 있는 거 보면 질투 나고 그럼 진짜 그게 사랑 맞아? 그렇게 단순한 걸 난 아직 한 번도 못해 본거야?”

민준은 깊게 한숨을 쉬었고 형철도 조금 숙연해졌다.

“사랑은 해야지 해서 하는 것도 아니고 조건이 맞아서 일어나는 화학반응 같은 것도 아니야. 그냥 갑자기 누가 신경 쓰이고 자꾸 생각나고 눈앞에 없으면 불안해지고 보고 있으면 말하고 싶고 말하고 싶으면 안고 싶고 그런 거야. 어떤 이론보다 내 마음이 하는 말이 더 옳은 거야.”

형철의 진지한 조언에 민준은 한동안 말이 없었다. 누군가 떠오르는 사람이 있어서인지 사랑을 해보지 않아서 연구의 진척이 없어서 인지는 모르지만 심란한 표정이었다.

“지금 네가 이렇게 사랑을 궁금해하는 이유가 정말 연구를 위해서가 아니길 바란다. 그리고 고맙다. 네 덕분에 나도 좀 정리가 된 것 같아.”

민준의 축 처진 어깨를 툭툭 치고 형철은 자리를 떴다. 혼자 남겨진 민준은 한동안 엎드린 채 중얼거렸다.

“사랑, 사랑, 사랑…….”

한동안 친구들 조언대로 밀당을 한 게 효과가 있었는지 부쩍 그의 문자가 빨라졌다. 덕분에 수업시간에도 보라의 손은 바빴다. 수업에 집중하려고 해도 그에게서 도착한 문자를 보지 않고서는 도저히 집중할 수가 없었다. 자리도 맨 앞자리에서 중간으로 옮겨 앉고 피식피식 웃으며 문자를 주고받았다.

그 모습을 신경 쓰고 있는 것은 한 교수가 아니라 민준이었다. 이유는 알 수 없었지만 민준은 수업에 집중하지 않는 보라가 눈에 거슬렸다. 그 이유가 다른 남자와 문자를 하기 위해서라는 사실 때문이라고는 생각하지 않았다. 단지 절실해 보였던 보라의 메일을 보고 감동했고 조용히 응원하고 있던 자신에 대한 배신이라고 생각했다.

……. *질투할 리가 없잖아.*

그렇다. 민준은 스스로 알고 있었다. 자신이 보라를 좋아하고 있음을. 하지만 그는 부인했다. 부인했다기보다 확신할 수 없었다. 누구를 좋아한 적도 없지만 좋아한다는 감정을 궁금해하지도 않았던 민준이었다. 그런 민준에게 자꾸만 눈에 거슬리는 여자아이는 할 수만 있다면 눈앞에서 치워버리고 싶지만 없으면 불안한 눈엣가시 같은 존재였다. 어제 형철과 나누었던 대화에서도 머릿속에는 온통 보라 생각뿐이었다.

"이제 문자 꼬박꼬박 하나 보네?"

옆에서 문자를 훔쳐보던 영혜가 흐뭇한 표정으로 묻는다.

"영혜야, 모든 삶에는 문맥이 있다? 문자가 늦으면 늦는 이유가 있고 약속을 못 지키는 것도 다~ 그만한 이유가 있는 거야. 괜히 그러는 게 없어. 이렇게 생각하니까 모든 게 다 이해가 되는 거 있지?"

"누가 이 수업 우등생 아니랄까 봐. 근데 너 그러다 뒤통수 맞는 거 아니야? 세상에 이유 없이 미친놈이 얼마나 많은데."

수현은 핀잔을 주는 것 같지만 정말 걱정하고 있었다.

"미친놈 이라니, 내가 확신하는데 1주일 안에 사귀자고 할걸? 요즘 분위기 탔어."

"수현이도 괜히 너 상처받을까 봐 그러는 거지. 잘되면 우리도 소개팅이나 시켜줘. 우리 지금 삼진아웃 되게 생겼다."

"알겠어. 오빠 친구들로 찾아볼게. 나중에 같이 데이트하면 재미있겠다!"

쉬는 시간 동안 교실은 보라의 연애 이야기로 시끌벅적했다.

"자자, 다시 수업하자. 남은 한 시간 동안 브레인스토밍을 할 건데 놀이를 만들어 볼 거야. 세상에 없는 놀이를. 우선 조를 짜볼까?"

한 교수의 말대로 앉은 자리에서 4~5명씩 조를 짰고 보라는 둘러 앉아있던 영혜, 소연, 수연 그리고 민준과 한 조가 되었다.

"사람들이 언제 즐거움을 느끼고 논다고 생각할까?"

한 교수는 수업시간에 질문을 정말 많이 한다. 처음에는 눈치만 보던 학생들도 점점 그의 수업방식에 길들어 그의 질문이 떨어짐과 동시에 재미있는 답변들을 쏟아낸다.

"웃음을 유발시키면 그게 놀이 아닐까요?"

"모든 걱정거리를 잊고 몰입하게 만드는 거요. 공부도 그렇게 하면 놀이처럼 재미있잖아요."

"점점 대답의 수준이 올라가는걸? 너희 답도 모두 정답이야. 민준이는 게임이론 시간에 배웠지? 내가 말하면 재미없으니까 민준이가 말해줄래?"

"민준이 형이 말하면 더 재미없어요. 교수님~"

"맞아요.~ 민준 오빠가 더 교수님 같아요."

민준과 친한 혜지와 동훈이 장난을 친다. 민준은 가볍게 웃어넘기고 다시 진지해진 표정으로 대답했다.

"놀이는 4가지로 나눌 수 있는데 우연성, 경쟁, 흉내 내기, 현기증이야. 벌써 재미없지?"

민준의 익살스러운 모습에 다들 웃음이 터졌다.

"근데 듣다 보면 재미있다니까? 우연성은 도박 같은 거야. 다음 패가 뭐가 나올지 모르고 상대방이 뭘 들었는지 모르잖아. 그런 우연에 의해 게임이 돌아가는 거지. 경쟁은 스포츠 같은 거고 흉내 내기는 드라마나 영화 같은 것. 다 우리의 삶을 흉내 내고 있는 거지. 현기증은 말 그대로 놀이기구를 탈 때 느끼는 스릴을 말하는 거고."

"오~ 신기하다. 그냥 재미있으면 장땡인 줄 알았는데. 이런 이론은 누가 만드나 몰라."

"프랑스의 철학자인 로제 카이와야."

"아, 저 형은 끝까지 진지해."

"이 이론이 얼마나 흥미로운지 몰라서 그래. 네가 맨날 하는 피파온라인도 흉내 내기와 경쟁이 융합된 놀이의 범주지. 실제 능력이 뛰어난 메시나 호나우두가 피파 속에서도 가장 비싼 선수고 생각해보면 유니폼카드 뽑는 건 완전 도박이잖아."

"와, 완전 이해된다. 거봐. 피파온라인에 괜히 중독된 게 아니라니까 내가?"

민준은 수업 중인 것도 잊은 채 신이 나서 설명을 해주고 있었다. 어느 때보다 생기 있는 모습에 몇몇은 꽤 놀란 눈치였다.

"민준이가 수업해도 되겠는데? 지루한 이야기가 될 수도 있었는데 아주 핵심만 잘 짚어줬어."

"아, 아닙니다. 게다가 반말로……."

"아냐. 어차피 너보다는 다 후배들이잖아. 아무튼 민준의 말처럼 4가지 범주를 잘 융합시켜서 엄청난 놀이를 한번 만들어보자."

"선배 이렇게 재미있는 분이셨어요? 완전 몰입해서 들었어요."

"맞아요. 완전 이해 쏙쏙!"

수현과 소연의 칭찬에 민준은 부끄러워하면서 가만히 있는 보라를 의식했다.

"보라는 문자 하느라 잘 못 들은 거 아니야? 다시 설명해줄까?"

"네? 아니에요. 저도 잘 들었어요."

민준 선배 뭐야? 왜 괜히 가만히 있는 나한테 그러지? 소개팅 잘 안 돼서 저러시나.

보라는 당황스러웠다. 그래도 이 수업으로 꽤 친해졌다고 생각했는데. 유독 자신에게만 차가운 민준에게 내심 서운했다.

"30분 정도 자유롭게 이야기해보고 발표하도록 하자. 다들 뇌에 인상 팍 쓰고!"

브레인스토밍을 하는 중간에도 보라는 계속 문자를 주고받았다. 중간 중간 좋은 아이디어를 내고 맞장구도 쳐주면서 최대한 티를 내지 않으려고 했지만 보라만 보고 있는 민준에게 들키지 않을 리 없었다. 하지만 민준은 말하지 않았다. 자신의 감정을 자꾸 입 밖으로 내밀면 더 이상 외면할 수 없을 것 같았기 때문이다.

"대충 끝났으면 발표해볼까?"

"저희 조는 우연성의 범주인 가위바위보에 경쟁과 현기증을 섞은 가위바위보 레이스라는 놀이기구를 생각했습니다."

"가위바위보는 어느 나라에나 있으니 수출하기 좋겠는걸? 기대 된다."

"우선 5명씩 2줄로 탄 다음 맨 앞의 사람부터 가위바위보를 해요. 기구 앞에 화면이 떠있고 버튼을 눌러서 가위바위보를 하는 거죠. 짱껜뽀 게임처럼요. 이기는 팀은 진 팀의 레이스에 물이 나온다든가 바람이 나오게 하는 벌칙을 선택할 수 있어요. 분장을 해도 좋구요. 그렇게 게임이 끝나면 각자 만들어진 대로 레이스를 하게 돼요. 그 모습을 기다리는 사람들도 지켜보겠죠? 하는 사람도 즐겁고 보는 사람도 즐거운 가위바위보 레이스였습니다!"

"재미있겠는데? 기존의 놀이기구들은 안전벨트에 묶여서 움직여주는 대로 움직이기만 했잖아. 참여형 놀이기구라. 이거 획기적이야."

“저희는 스토리가 있는 놀이를 만들어 보았습니다. 단순한 롤러코스터인데 전우치전을 결합해서 마치 자신이 영웅이 된 듯한 착각에 빠지게 만드는 것입니다.”

“역시 뭔가 다른데? 우등생과 TA조합은 너무 차별대우였나? 스토리에 대한 이야기는 다음에 해주려고 했는데 오늘 해줘야겠네. 스토리의 중요성은 아무리 강조해도 지나치지 않거든.”

“교수님, 저희 발표 아직 남았는데요. 그래서 저희가 민준이 형 다음에 안 한다고 했잖아요.~”

“동훈이네 조는 하이라이트니까 마지막에 듣기로 하고. 요즘 광고에서 드라마타이즈기법을 많이 쓰잖아. 예전에는 제품의 기능에 대해서만 설명했지. 드라마타이즈기법은 다 알지?”

“네. 뮤직비디오나 CF에서 드라마처럼 스토리가 있게 만드는 영상기법이요. 뮤직비디오에서는 조성모의 To heaven이 가장 유명해요.”

보라는 문자를 주고받으며 수업을 들어도 항상 대답을 척척 했다. 강의계획서도 없던 수업이라 다들 예습을 해오지 못하는데 보라는 달랐다. 특별과외라도 받는 듯했다.

“너 왜 이렇게 대답을 잘해? 진짜 신기하다.”

“어? 그냥 다 배운 거잖아.”

“난 첨 듣는데? 너 뭐야. 그때도 뭐 숨기는 거 있는 것 같더니. 빨리 말해라.”

수현의 추궁에 어쩔 수 없이 보라는 조용히 비밀을 털어놓았다. 사실 보라도 정말 말하고 싶었다. 누군가 말하지 않을 수 없게 추궁해오기를 기다렸을 뿐이다.

"진짜 말 안 하려고 했는데. 사실 교수님이랑 메일을 주고받는데. 별건 아니고 그냥 수업 애기야."

"뭐? 교수님이랑?"

수현은 꽤 놀란 듯했고 수현의 목소리에 꽤 많은 사람들이 둘을 주목하게 됐다.

"제발 조용히 해줘. 민준 선배도 이거 말하지 말랬어. 진짜 그냥 내가 궁금한 거 물어보면 대답해주시는 정도야."

"그래도 그렇지. 얼마나 됐는데? 왠지 널 보는 눈빛이 심상치 않더라!"

"첫 번째 수업 때 내가 메일을 보냈는데 답장을 해주시더라고. 나도 너무 감사해서 그때부터 궁금한 게 생기거나 수업 때 좋았던 걸 메일로 보내곤 했는데 답장을 잘 해주시는 거야. 근데 민준 선배가 다른 사람들한테 말하지 말라고 하더라고. 교수님이 원래 메일 보내고 그런 분이 아니잖아."

보라는 애써 변명해보지만 누가 봐도 의심스러운 상황이었다. 여학생들과의 불미스러운 스캔들을 겪은 젊은 교수와 그 수업을 듣는 우등생이 은밀히 주고받은 메일은 보라의 친구들이라도 조심스러울 수밖에 없었다.

"교수님 솔직히 전적이 없는 것도 아니고. 2년 동안 아무한테도 답장 안 했다고 학생들한테 애정 없다는 소리까지 들으셨는데…… 다른 사람들 귀에는 안 들어가게 조심해."

"그래. 너 안 그래도 잘돼가는 사람 있는데 괜한 일로 그르치지 말고."

수업시간에 갑자기 말하게 되어 갑작스러웠지만 한편으론 마음이 편했다.

역시 비밀은 공유하라고 존재하는 것 같다.

"거기, 지방방송 끄지? 지금 엄청 중요한 얘기를 할 거거든."

한 교수의 꾸중에 수현과 소연은 헛기침을 하면서 한 교수를 힐끔 노려보았다.

"어라? 떠들어 놓고 나 째려본 거야? 민준아, 너도 봤지?"

보라는 깜짝 놀라 수현의 옆구리를 찔렀다.

제발 티 내지마! 아직 확실한 것도 아닌데.

"아니에요, 안 떠들게요."

냉랭해진 분위기에 동훈이 뒤에서 넌지시 얘기했다.

"교수님 그 드라마같이 만드는 거요. 아이유 뮤직비디오도 그렇던데. 얘기 나온 김에 한 번 보면 안 될까요?"

동훈 덕분에 교실은 다시 왁자지껄해졌고 보라의 비밀이야기도 웃음소리와 함께 묻혔다.

"그래, 다들 휴대폰 꺼내서 접속한다 실시. 각자 화면으로 보도록 하고 아이유 뮤비 말고도 다른 걸그룹 뮤비도 많은데 왜 아이유 뮤비가 기억에 남을까? 아이유가 예뻐서? 물론 그 이유도 크지만 여기에 스토리의 힘이 있어."

다들 휴대폰으로 각자 좋아하는 뮤직비디오를 틀고 자유로운 분위기 속에서 수업이 이어졌다.

"예전에는 상품이 별로 없으니까 제품의 성능을 비교하는 것만으로도 소비자들이 합리적으로 소비를 할 수 있었어. 하지만 점점 상품군이 늘어나면서 청소기만 해도 종류가 몇십 개가 되니 기능적으로 비교하는 것이 무의미해졌지. 대량생산이 가능해지면서 수요보다 공급이 항상 초과했고 소비는 점점 모자랐고. 그래서 1930년대부터 광고를 통해 사람들에게 물건이 필요하지 않아도 사도록 만들기 시작 한 거야. 기능은 비슷해도 디자인이 다른 것, 브랜드가 다른 걸 사도록 하는 거지. 그래서 요즘엔 취미가 쇼핑인 사람들도 많다잖아. 사고 나면 금방 질리고 또 새로운 상품이 나와서 사달라고 아우성이니."

"맞아. 집에 한두 번 입고 만 옷이 쌓여있는데 맨날 입을 옷이 없어."

"진짜 넌 옷 좀 그만 사. 취미가 아니라 넌 병인 거 같아."

보라는 또 수현에게 꾸중을 듣는다. 반박할 수 없는 옳은 말이라 입술만 삐죽 내밀었다.

"원피스 사면 같이 신을 신발이 필요하고, 그럼 가방도 필요하고. 다 그런 거 아니야? 나만 그래?"

"맞아. 신수현 너도 요즘 안 어울리게 치마를 사들이면서 보라한테 괜히 저래. 너 그 치마도 새로 산 거지?"

맨얼굴에 안경만 쓰던 영혜가 화장을 하는 것, 운동화만 고집하던 소연이 아무 일 없이 구두를 신는 것, 그리고 치마를 입으면 자신도 모르게 다리가 벌어져 바지만 입던 수현이 치마를 입는 건 각자 분명한 이유가 있었다. 그 이유는 굳이 입 밖으로 꺼내지 않아도 충분히 알 수 있었다.

"빨리 말해. 누구야. 타과야? 우리 과야? 우리 과면 진짜 너 배신이야."

"그런 거 아니거든? 내 성 정체성에 대해 흔들리지 않기 위한 발악이다, 왜?"

"말도 안 되는 핑계 대지 마. 너 점심도 요즘 따로 먹잖아. 휴대폰도 맨날 쥐고 있고. 100% 남잔 거 다 알아."

"그래, 이만큼 모른 척 해줬으면 됐다. 나도 비밀 말해줬잖아. 가는 게 있으면 오는 게 있어야지."

"그래, 나도 궁금하다. 요즘 너무 예뻐진 게 수상했어."

소연과 보라의 끈질긴 추궁과 조용하던 영혜의 보탬에 수현은 결국 입을 열었다.

"진짜 끈질긴 것들. 그래, 나 형철 오빠랑 요즘 연락해."

"뭐?"

수현의 입에서 형철이란 이름이 나오자마자 셋은 동시에 소리를 질렀다.

"거기 4명. 그냥 카페 가는 게 어때? 무슨 큰일이라도 나서 아까부터 떠드는 거야?"

하지만 4명 모두 한 교수의 말은 전혀 귀에 들어오지 않았다.

"흐름 끊겨서 안 되겠다. 10분 쉬었다 하자."

한 교수는 반쯤 남은 커피를 들이켜고 밖으로 나갔다. 이때다 싶어 4명은 수현쪽으로 의자를 돌려 본격적인 취조에 들어갔다.

"내가 이럴 줄 알았어. 너 진짜 말도 안 하고 너무 한다."

수현과 가장 친한 소연이 서운한 말투로 얘기했다.

"아직 사귀는 거 아니다."

수현은 자포자기한 말투로 대답했다.

"나도 솔직히 약간 눈치챘었는데. 전에 오빠랑 여자가 자취방 가는 거 봤을 때 내가 물어봤거든. 근데 너가 먼저 물어봤었다는 거야. 너 오빠랑 별로 안 친한 줄 알았는데. 그때 촉이 왔지."

"뭐야, 여자는 뭐고 넌 그때 왜 나한테 말 안 해줘? 너네 진짜 나한테 너무한 거 아니야? 영혜 너도 몰랐지?"

"응 나도 첨 들어. 근데 난 둘이 랩 실에 있는 거 하도 많이 봐서 대충 눈치 채고 있었어."

영혜는 항상 조용해 보이지만 과에 도는 소문이나 스캔들은 다 꿰고 있는 신기한 구석이 있다.

"나만 몰랐던 거야? 다들 진짜 너무하네! 너 사귀면 나한테 무조건 먼저 말해라? 그래서 언제부터 그런 건데, 둘이?"

사실 지금 중요한 건 누가 먼저 눈치챘냐 보다 둘이 얼마나 깊어졌느냐이다. 그 상대가 다른 누구도 아니고 형철이라면 말이다.

"얼마 안 됐어. 이번 학기부터야. 아, 진짜 너네 설레발 치지 마. 내가 처음으로 먼저 좋아한 거란 말이야."

책상에 고개를 묻으며 얘기하는 수현에게 다들 어떤 말도 할 수 없었다. 형철이 선수인 거 모르냐, 주희 선배는 졸업했다지만 다른 선배들 눈치도 있을 거다, 너만 상처받는 거 아니냐는 그런 말은 지금 다 필요 없는 말이었다. 수현도 이미 충분히 알고 혼자 고민했을 것이 뻔하기 때문이다. 진짜 친구는 뻔한 충고나 걱정보다 모르는 척 해주는 것임을 다들 알고 있었다.

"그래, 형철 오빠 솔직히 괜찮긴 하잖아. 매너도 좋고 재밌고. 너랑 좀 어울리긴 한다."

"답답한 숙맥보다 낫지 뭐. 우리 수현이 연애 어깨너머로 배웠잖아. 이참에 공부 좀 해서 소연이도 좀 알려줘."

"앞으로도 랩 실에서 볼 거면 미리 문자해줘. 나갈 때마다 둘이 허둥지둥 나가서 나 좀 민망했다."

다들 한마디씩 농담을 던졌다. 어울리지 않게 수현은 얼굴이 발개졌다.

"아, 진짜 얘 연애하려나봐. 얼굴 빨개진 거 봐. 꼴 보기 싫다."

소연이 민망해하는 수현을 떠밀며 분위기를 전환시켰다. 다들 더 묻고 싶은 것을 참고 화제를 돌렸다. 셋은 누구보다 조심스러울 수현의 연애를 묵묵히 응원해주기로 한 번의 눈 맞춤으로 합의를 보았다.

한 손에 프린트물을 들고 한 교수가 다시 들어왔다.

"자, 다 쉬었지? 너희도 이제 얘기 다 했지? 이제 스토리에 대한 이야기가 나온 김에 간단한 실험을 해볼 거야. 각자 소중하게 생각하는 물건을 하나씩 적어보자. 이유도 옆에 같이 적어서 내도록 해."

갑자기 수업이 다른 길로 새긴 했지만 다들 흥미로워하는 눈치였다.

"넌 뭐 적을 거야?"

"나 새로 산 아이폰. 내가 가지고 있는 것 중에서 제일 비싸. 넌?"

"나는 노트북. 이거 없으면 아무것도 못해."

보라도 한참을 고민했다. 자취방을 가득 메운 모든 물건이 보라에게는 살아있는 친구만큼 의미가 있는 물건들이었다. 아무리 생각해도 비싼 카메라나 컴퓨터보다도 매년 적어왔던 다이어리가 없어지면 더 속상할 것 같았다.

한 교수는 각자 적은 종이를 거두어 피식 웃기도 하고 고개를 끄덕이기도 하면서 한참을 읽어 나가다 학생들에게 말했다. 각기 다른 물건을 적었는데 19명의 학생 중 3명의 학생이 가장 소중한 물건으로 노트북를 꼽았다.

"자, 누군지 말은 하지 않고 각자의 물건에 가격을 매겨 볼 거야. 가장 비교하기 쉽게 노트북을 적은 사람이 3명이니까 이 3명을 비교하면서 가격을 매겨보자."

첫 번째 질문의 답으로 1번 학생은 노트북에 대해 "삼성 제품이고, 검은색이고, 크기가 좀 크다."라고 설명하였다. 10번 학생의 컴퓨터는 "검은색이고, 조립식 컴퓨터이고, 5.1채널 스피커에 모니터는 아울렛"이고 18번 학생의 컴퓨터는 "삼성 제품이고 모든 것이 검은색"이다. 이때 학생들이 적은 평균 가격은 35만 7천 원, 39만 천원, 38만 7천 원으로 비슷비슷하였다.

"자, 이번엔 어떤 이유를 적었는지 읽어줄 테니까 들어봐."

1. 노트북: 노트북에 나의 중고등학교, 대학에서 찍은 사진, 동영상들이 다 있다. 또 어디에서 구하기 어려운 희귀한 흑인음악과 뉴에이지 곡들이 다수 있다. 내가 쓴 다이어리도 있고 소설, 글도 있다. 내가 좋아하는 영화, 애니메이션, 드라마가 있다. 나의 노트북을 뒤지면 내가 어떤 사람인지 알아차릴 수 있을 정도로 노트북 안의 흔적이 나를 보여준다. 나의 취향과 취미가 담기고 학창시절 친구들의 사소한 모습과 일상이 담긴 사진이 있는 노트북은 나에게 소중한 물건이다.

10. 컴퓨터: 필요할 때 혼자가 아닐 수 있다. 가식적이지 않고, 문제 해결에 도움을 준다. 개인 소유이기 때문에 성능에 문제가 없으면 불평불만이 없고, 취미로 하는 일에 도움을 주기도 하고, 더 많은 지출이 필요한 일도 저비용으로 해결할 수 있다.

18. 컴퓨터: 컴퓨터가 소중한 이유는 집에 컴퓨터가 없으면 과제를 할 때 많이 불편하고 음악 감상이나 게임을 하지 못하기 때문이다. 그리고 컴퓨터로 많은 정보를 얻는다.

다들 신중히 생각해보고 가격을 적어서 냈고 소중한 이유를 듣고 난 후에는 가격차이가 어마어마하게 벌어졌다. 1번 학생의 노트북은 첫 번째 가격보다 두 번째 가격이 108만 원이나 올랐다. 10번과 18번 컴퓨터는 별 차이가 없었다. 1번 학생의 노트북이 10번 학생과 18번 학생의 컴퓨터와 다른 점은 무엇일까? 왜 1번 학생의 노트북에서만 사람들이 더욱 높은 가격을 매겼을까?

"너희가 매긴 가격이야. 처음 결과랑 많이 다른걸? 1번과 10번, 18번의 차이가 뭔지 이제 명확히 알겠지? 바로 스토리야. 1번 학생의 노트북에는 고유한 스토리가 있어. 자신에게 소중한 사진과 기록들이 있고, 자신의 취향이 담긴 노트북이라 누구든지 이 노트북을 보면 자신이 어떤 사람인지 알아차릴 수 있다는 고유의 스토리가 노트북의 가격을 올린 거야. 스토리가 너희의 마음을 움직였지. 반면에 10번과 18번의 컴퓨터는 마치 광고지에 보일만 한 건조한 설명들이야. 어떠한 스토리 없이 컴퓨터의 기능에 대해서 이야기만 하고 있어. 그렇다면 왜? 왜 사람들이 이야기를 들으면 가치를 높일까?"

인간이 가지는 공감의 능력을 통해 스토리가 있어야 공감하고 흥미롭게 생각하고 가치를 부여한다는 한 교수의 설명에 모두가 다시 한 번 자신이 가장 소중하게 생각하는 게 무엇인지 떠올려 보았다. 누구나 생각해보면 비싼 물건이라고 오래 가지고 있는 게 아니라 사연이 있는 물건을 오래 가지고 있으니까. 설명을 듣고 나서 가장 가치 있는 것을 다시 생각해 보니 상당수 학생들의 답이 바뀌었다. 보라는 가장 빼곡히 적어온 1학년 때의 다이어리, 소연은 5년 전 이름을 개명하고 가장 친한 친구들과 맞춘 닳아버린 이니셜 목걸이, 영혜는 다들 MP3 음원을 살 때 혼자 고집스럽게 모아온 CD들, 그리고 수현은 얼마 전 형철이 줬던 편지 한 장을 떠올렸다. 그리고 다 같은 생각을 했다.

사실 100만 원이 아니라 1억을 준다 해도 바꿀 수 있을까? 1억을 주고도 결국은 살 수 없을 텐데.

"그럼 다들 소중한 것에 대해 감사하게 생각하고, 아밀리에의 주인공 오드리 토투가 주연한 프라이스리스(Priceless)라는 영화가 있어. 가볍게 보기 좋은 로맨틱코미디니까 다들 한 번 보고 과제는 감상문 한 장으로 하자. 보면 아마 다들 사랑하고 싶어질 거다. 이상, 수업 끝!"

수업이 끝나고 민준은 이미 다 알고 있었지만 공책에 "문화와 스토리의 대체불가능성"이라고 크게 적어 놓은 것에 몇 번이고 동그라미를 쳤다. 생각해보니 자신은 잃어버리면 속상할 만큼 애착이 가는 물건이 없었다. 고작해야 대학생활 내내 썼던 필기 노트? 이것도 컴퓨터로 다 문서화 해놓아서 잃어버리면 아깝다고 생각할 정도였다. 민준은 요즘 자꾸만 자기가 잘못 살아온 게 아닐가 하는 생각을 하게 된다. 민준은 형철에게 전화를 걸었다.

"형철아, 너는 돈 주고도 안 바꿀 그런 소중한 물건 있냐?"

"나 2년 사귄 여자 친구가 준 알약편지. 이제 버릴 거긴 한데, 그건 미련이 남아서가 아니라 날 그만큼 사랑해 줄 사람이 있을까 싶어서 쉽게 못 버리겠더라고. 말 나온 김에 오늘 버려야지. 근데 갑자기 왜 물었어?"

"아니다. 그래, 고맙다."

괜한 걸 물었다. 형철이는 연애를 하기 위해 태어난 놈이잖아. 나랑 달라. 내 필기 노트가 어때서? 내 노력이 다 담겨있는 건데. 아니면 나도 내 컴퓨터로 하루 종일 논문도 쓰고 자료도 찾고 얼마나 많은 걸 한다고……

그렇게 혼자 연구실에 남겨진 민준은 자꾸 끓어오르는 감정을 주체할 수가 없어 책상에 한동안 엎드려 있다가 인터넷 창을 켰다.

그리고 하면 안 되는 일을 했다. 민준의 삶에서 첫 번째 나쁜 짓.

#06 백조가 오리와 살아가는 방법.

"미정 팀장. 진짜 이러기야? 이렇게 바쁜 나를 1시간이나 기다리게 해?"

"난 교수님 3시간 기다리고 바람맞은 적도 있는데요?"

"내가? 내가 숙녀한테 그런 실례를 저질렀다고? 이거 모함이야, 모함."

출판 작업이 막바지에 다다르면서 한 교수와 미정 팀장의 만남이 잦아졌다. 서로 못 잡아먹어 안달인 사이지만 둘은 꽤 가까워 보였다.

"교수님은 여자 안 만나요? 일이랑 사랑하고 그러는 워커홀릭인가?"

"그러는 미정 팀장은? 골드미스로 늙고 싶은 것 같진 않아 보이는데. 나 요즘 오랫동안 준비했던 수업 하느라 매일 긴장상태에요. 알면서 그러나?"

"알긴 뭘 알아. 그 수업 때문에 우리 일정 3개월이나 미뤄진 건 아네요. 진짜 교수님처럼 속 썩이는 남자들이 많아서 위로받을 남자가 필요하긴 한데, 그런 남자가 아직 없네요. 남자들은 다 애 같아서 말이에요"

둘의 대화는 30대에 걸쳐서 축 늘어진 빨래처럼 힘없고 재미없고 의미 없는 대화였다.

"비주얼북스 과장님 아직 싱글 아닌가? 같은 회사니 이해해 주는 건 1등일 텐데 잘해봐요."

"설마 홍주석 과장님이요? 농담이죠? 서른 살 먹은 나랑도 띠동갑이세요. 저 아직 그렇게 간 여자 아니에요."

"자신감이 대단하시네. 풋풋한 학생들만 봐서 그런가 눈가에 주름이 자글자글 해 보이는데. 눈 좀 낮추지 그래요?"

한 교수는 약올라 하는 미정 팀장이 재미있는 듯 계속 옆구리를 찔러댔다.

"여기서 한마디만 더하면 막 나온 아메리카노를 그 보타이 위로 쏟아버릴 테니까 알아서 해요."

"잘못했어요, 잘못했어. 이제는 나를 교수 취급도 안 해주는구먼? 처음에는 한 교수님~한 교수님 하면서 맨날 커피도 사다 주고 그랬잖아요. 이젠 맨날 내가 사는 것 같아."

"원래 남자랑 여자가 만나면 남자가 사는 게 당연한 거 아니에요?"

"우리 지금 잘 나가는 베스트셀러 작가랑 실적 올리려는 출판사 팀장 관계가 아니라 남녀 관계 아니었어?"

"아니, 그런 뜻이 아니라."

당당하던 미정 팀장은 움찔했다.

"그런 뜻이 아니기는? 맞는 것 같은데? 내가 만날 때마다 밥 사주고 커피 사준 거 꽤 오래되지 않았나? 모른 척한 건 내가 아니라 미정 씨잖아."

처음이었다. 미정의 이름을 팀장이란 직함을 떼고 부른 건. 사실 미정도 그걸 바라고 있었다.

"정식으로 데이트 신청도 안 하고 출판을 빌미로 만나는 건 비겁하지 않아요? 첫 책 낼 때도 이게 잘 팔릴까? 안 팔리면 어떻게 하지? 이러면서 배짱 없이 굴더니."

"그래서 지금 말하잖아. 다음번에도 커피는 내가 살게요. 대신 그 명찰은 놓고 나와요. 그 빌어먹을 명찰 때문에 누가 봐도 지금 우리 데이트하는 거 같아 보이지 않잖아요?"

미정은 웃으며 목에 걸린 명찰을 테이블 위에 올려놓았다.

"또 그런다. 지금부터 하면 되잖아요, 데이트."

"그런 게 아니에요. 첫 데이트는 정식으로 신청하고 싶어서 그러죠. 꽃은 없어도 근사한 레스토랑은 가야 하지 않겠어요?"

미정은 생각했다.

이 남자 조금 어리긴 하지만 분명 괜찮은 남자다.

"아, 그리고 나도 이제 한 교수님이라고 부르지 말아요. 승복 씨…아, 이름도 참 촌스러워가지고."

"승복이가 어때서요. 복스럽고 좋은데. 근데, 승복 씨 전화 오는데요?"

[교수님, 얘기하고 싶은 게 있어요. 시간 언제 되세요?]

민준의 전화였다. 별 일이 없으면 8시 이전에 전화하지 않는 민준인데.

[뭔 일 있니? 오늘은 안될 것 같은데. 지금 좀 중요한 회의를 하고 있어서.]

[아, 바쁘시면 수업 때 뵐게요. 별일 아니에요.]

"싱거운 자식."

"민준 학생이에요? 급한 일 아니에요?"

"신경 쓰지 마요. 별일 아니라니까 별일 아니겠죠. 우리 드라이브나 하러 갈래요?"

한 교수는 좀처럼 급한 일이 아니고서야 따로 연락을 하지 않는 민준임을 알지만 지금은 민준보다 미정이 중요했다. 가끔은 미련하리만큼 사랑이 전부일 때도 있다. 특히 사랑을 시작하는 단계라면 누구나.

중간고사를 무사히 마치고 삶에 생동감이 넘치던 보라의 인생에 깊은 태클이 들어왔다. 이 태클은 분명 고의적 태클로 옐로우 카드감이다. 보라는 삶에 심판이 없어서 누가 반칙을 범해도 퇴장시킬 수 없다는 사실이 슬펐다. 그만큼 보라는 지금 위기 상황이다.

"똥차 가고 벤츠 온대. 더 좋은 사람이 있을 거야."

"똥차만 몇 번째 갈아 치운 지 알아? 내가 무슨 폐차장도 아니고."

보라가 유일하게 마음에 들었던 소개팅 남은 알고 보니 과에서도 유명한 바람둥이였다. 보라를 손바닥 위에서 가지고 놀다가 나이트에서 만난 여자랑 사귄다고 보라의 문자를 일방적으로 무시했다. 그의 삶의 문맥을 이해해 주려던 보라는 밀당을 할 줄 모르는 바보로 전락했다.

단순히 소개팅 남에게 차여서 보라가 화난 건 아니었다. 지금 상황이 보라를 이성적으로 판단하지 못하게 흔들고 있었다. 얼마 전 수업시간에 친구들에게 비밀을 털어놓은 후 신기하게도 한 교수에게 메일이 오지 않았다. 그의 귀에 무슨 이야기라도 들어간 게 아닌가 싶어 불안하기도 했지만 더 이상 숨길 것이 없어졌다는 게 다행이다 싶었다. 하지만 역시 비밀은 지켜질 때 아름다운 것. 보라는 지금 패닉상태다.

"그러게 왜 우리한테까지 비밀로 했어? 누가 봐도 의심스러운 상황이잖아. 특히 마지막 메일은 심각해."

"비밀로 해달라고 하셨대. 난 전혀 눈치 못 챘어. 진짜 그냥 내가 잘되길 바라는 마음에서 그러신 거 아닐까?"

"그래도 마지막 메일은 완전 질투의 화신이잖아. 괜히 학생이 문자 하는 것까지 터치하실 분이야? 교수님 진짜 그렇게 안 봤는데……."

사건은 이랬다. 한창 소개팅 남의 손아귀에 놀아나고 있을 때 한 교수에게서 메일이 왔다.

[보라 학생.]

지금까지 수업시간에 집중하고 메일을 주고받으면서 느꼈던 열정에 감동한 게 사실이었습니다.

이런 학생이 또 있을까 싶어 메일을 보냈고 나름 애정을 가지고 지켜보고 있었는데 오늘 모습은 매우 실망스럽군요. 함께 마음을 나누는 수업이라 생각했는데 콩밭에 마음이 가 있어 집중하지 않고 다른 것에 집중하는 모습에 지금까지 내가 가졌던 보라 학생에 대한 마음에 배신감마저 들었습니다. 보라 학생도 예외가 아니었군요. 제가 잘못 본 것 같습니다. 앞으로는 이런 예외적인 일은 없을 거예요. 지금도 내가 보내준 과제보다 문자를 주고받는데 정신이 팔려있겠죠?

사실 보라도 이 메일을 받고 뜨끔했다. 누가 봐도 이건 교수님이 학생에게 보냈다고 하기에는 너무 감정적이고 질투하고 있다는 게 절절히 느껴지는 메일이었다. 눈치가 아무리 없어도 알 수 있었다. 사실 티는 내지 않았지만 그간의 메일에서도 보라는 심상치 않은 기운을 느꼈다. 사랑에 대한 이야기를 할 때 나눈 개인적인 이야기들이나 보라의 사소한 질문들에도 정말 성실히 답해주는 장문의 메일을 애써 외면했을 뿐이다. 사실 보라 스스로도 메일을 주고받으면서 한 교수에게 마음이 갔었던 것을 부인할 수 없었다. 메일이 끊긴 이후로는 마음을 다 정리했었지만 분명 강단 위에서의 한 교수와 메일을 주고받는 한 교수의 모습은 너무나 달랐다. 보라는 메일을 주고받은 것부터 잘못이었다는 생각에 머리가 복잡해졌다.

"너 이제 어떻게 할 거야? 교수님한테 그냥 말해. 이런 마음 불편하다고."

"나 혼자 오해하고 있는 걸 수도 있잖아. 민준 선배한테 물어볼까? 민준 선배는 메일 보낸 거 첨부터 알고 계셨거든."

아냐, 민준 선배도 요즘 날 멀리하는 것 같던데……. 혹시 그것도 교수님 때문인가?

보라는 요즘 들어 차가워진 민준 때문에 더욱 심란해졌다.

"그래도 민준 선배한테 말해봐. 무슨 해결책이 있을지도 모르잖아."

보라는 조금 망설여졌지만 별다른 해결책이 없어 민준에게 연락을 했다.

"아, 지금 문자로 얘기하기 좀 그런데 8시쯤 만나서 얘기하자. 후문 커피 '안' 에서 만나."

역시 잘한 일일까? 어떤 해결책이 있을까? 보라는 머리가 아파져 왔다.

처음 사적으로 만나보는 자리라 둘은 영 어색했다.

"자꾸 갑자기 연락해서 죄송해요. 선배한테 밖에 말할 수 없는 일이라."

"뭔데? 잘 감이 안 잡히네."

민준은 뾰로통해 있었다. 그런 민준의 모습에 보라는 더 답답해졌다.

"선배는 저한테 대체 왜 그래요? 제가 뭐 잘못한 거라도 있어요? 설마 첫 수업 때 제가 이름 몰랐던 거 아직도 맘에 걸리세요?"

"그게 무슨 말이야? 난 기억도 안 나는데?"

"그럼 뭐에요? 제가 소개팅해준 게 마음에 안 드셨어요? 그럼 말씀하시지 그러셨어요. 다른 사람 소개해 드렸을 거 아니에요. 왜 다 제 맘을 이렇게 몰라주는 거예요?"

보라는 결국 애꿏은 민준 앞에서 울음을 터트렸다.

"아니…… . 그게 아니라…… . 울지 마…… ."

민준은 당황해서 어쩔 줄을 몰랐다. 뾰로통해 있던 모습은 온데간데없이 허겁지겁 휴지를 보라 손에 쥐어 주기 바빴다.

"나는 맨날 이래요. 나는 열심히 하는데 자꾸 세상이 나를 막아요. 열심히 해도 욕먹고 잘하려고 해도 다 싫어하는 것 같아요. 나는 미운 오리 새끼인가 봐요."

"누가 널 싫어한다고 그래. 다 널 좋아하고 네 칭찬만 하는데. 그런 얘기는 들으려고도 하지 않지?"

"근데 왜 다 나를 못살게 굴어요? 왜 좋아해도 그런 사람이 날 좋아해요? 난 진짜 아무 감정 없는데 또 난 나쁜 년이라고 욕먹을 거 아니에요. 내가 얼마나 열심히 했는데. 그게 다 작업이었단 걸 내가 어떻게 받아들이냐고요."

보라는 계속 하소연을 했다. 그동안 쌓였던 한을 모두 풀어내는 듯 꺼이꺼이 울어댔다.

"그게 무슨 말이야? 작업이었다니?"

"교수님이 절 좋아하나 봐요. 메일도 그래서 보내준 거였어요. 왜 비밀로 하라고 했는지 알았어요. 난 진짜 내가 성공할 사람인 줄 알았고 잘하고 있는 줄 알았어요. 근데 아닌 거잖아요. 내가 잘한 게 아닌 거잖아요."

민준은 아무 말도 하지 못했다.

"보라야, 그런 게 아니야. 그게 그러니까……. 교수님께서는 정말 너를 특별하게 생각하셔. 나한테도 그랬어. 넌 정말 남들과 다르다고. 그리고 나도 그렇게 생각해. 정말이야."

"거짓말하지 마세요. 선배 저 싫어하시잖아요. 제가 말 걸어도 무시하고 수업시간에 계속 핀잔 주고 저는 진짜 선배랑 친해지고 싶었는데."

"그건 네가 다른 남……. 아무튼 그런 거 아니야. 교수님은 널 진짜 제자로

만 생각해. 어떻게 해야 믿을래?"

"교수님이 당장 결혼하면 모를까, 진짜 100명한테 물어보면 100명 다 저처럼 생각할 거예요. 선배도 옆에서 봤잖아요."

"그게……. 아니라니까. 지금 만나시는 분도 있고. 아무튼 내가 다 해결해줄게. 아무한테도 말하지 마. 나랑 약속한 거다?"

보라는 민준의 태도가 이해가 가지 않았다. 하지만 실컷 울고 나니 기분이 나아지는 것 같았다.

"코코아 다 식었다. 새로 시켜줄게. 좀 진정하고 있어."

민준은 일어나 우느라 다 식어버린 코코아를 들고 카운터에 가서 새로 코코아를 시켰다.

나를 정말 싫어하지 않는 건가? 의외로 다정하시네.

보라는 다 울고 나서야 민망해졌다. 친하지도 않은 민준 앞에서 그동안의 설움을 터뜨리다니.

"죄송해요. 갑자기 감정이 복받쳐서."

"아니야, 괜찮아. 나도 어느 정도 책임이 있으니까."

"선배가 무슨 책임이 있어요. 다 내가 잘못이고 세상이 잘못된 거죠. 아니야, 내가 잘못한 거야. 그죠? 제가 이상한 거죠?"

보라는 금방이라도 울음을 터트릴 표정이었다.

"아니. 넌 내가 본 사람, 아니 여자 중에서 가장 멋있어. 세상에 도움이 되는 사람이 될 거야. 너를 힘들게 하는 세상이라 좀 억울하겠지만. 넌 그만큼 좋은 사람이야.”

민준의 말에 보라의 눈에 그렁그렁 맺혀있던 눈물이 쏙 들어갔다.

“뭐, 다르게 생각하지는 마. 그냥 느낀 거니까. 괜한 말 했나? 너무 느끼했지?”

“아, 그런 게 아니라. 전 정말 선배가 절 싫어하는 줄 알았어요.”

“널 싫어하는 사람도 있어? 난 본 적 없는데. 왜 싫어해, 너를?”

“그냥, 여러 가지 이유가 있겠죠. 제 생긴 게 마음에 안 들 수도 있고. 말투가 마음에 안 들 수도 있고. 가끔은 오해하기도 하구요.”

“정말 미운 오리 새끼구나? 근데 미운 오리 새끼는 결국 우리를 뛰쳐나와서 백조가 되잖아.”

보라는 고등학교 때 우연히 언니의 휴대폰을 본 적이 있다. 아무 생각 없이 휴대폰을 뒤적거리다가 전화번호부를 보았는데 보라의 번호가 ‘미운 오리 새끼’ 라는 이름으로 저장되어 있었다. 괜히 심통이 나서 이게 뭐냐고 바꿔달라고 투덜거리자 언니가 함께 저장되어 있는 메모를 보여주었다.

‘백조가 되어라’

네가 나중에 커서 네가 하고 싶은 일을 하고 언니가 네 걱정 더는 안 해도 될 만큼 멋진 사람이 되어 있을 때 백조라고 바꿔줄게.”

보라는 언니의 깊은 마음에 왈칵 눈물이 날 뻔했다. 그 뒤로 4년이 지난 지금도 보라는 아직 미운 오리 새끼다. 언니의 휴대폰을 본 뒤로 항상 보라는 언제쯤 백조가 될 수 있을까? 정말 백조이긴 한 걸까? 정말 거친 털과

삐죽삐죽한 머리를 가진 몸집만 큰 미운 오리가 아닐까? 하는 생각을 항상 가지고 있었다. 보라는 살면서 괜한 미움, 알 수 없는 증오를 받은 적이 많았다. 어떤 점이 그녀를 미운 오리로 보이게 하는지 모르겠지만 항상 그녀를 미운 오리 취급하는 사람들이 있었다. 가장 갖다 붙이기 쉬운 이유인 '그냥 싫다' 라는 이유로 미워하고 그녀의 행동 하나하나를 맘에 들어 하지 않고 친한 친구들마저 그녀를 외면할 때면 그녀는 스스로가 미운 오리라고 확신했다. 거친 털이 그녀에게 가까이 오는 사람들을 아프게 하고 삐죽삐죽한 머리가 사람들을 화나게 하는 줄 알았다. 하지만 그럴 때마다 항상 같은 모습으로 옆에 있어주는 사람들이 있었고 거칠어 보이는 너의 털은 만져보면 부드럽다고, 삐죽삐죽한 머리가 너의 매력이라고 위로해주었다. 사실 그녀가 큰 세상으로 나가고 싶어 하는 이유도 이 때문이었다. 큰 세상에서는 각자 다르게 생긴 동물들이 너무 많아서 미운 그녀의 모습도 포용해줄 수 있을 거라고 생각했다. 하지만 더 큰 세상도 그녀를 내버려 두지 않는 것 같다. 그녀는 더욱더 백조가 되고 싶어졌다. 백조가 되고 싶어 안달이 난 오리 새끼가 아니라 너희와 태생이 다른 백조임을 증명하고 싶었다.

"나도 내가 백조인 줄 알았어요. 남들과 달라서 싫어하는 줄 알았어요. 그럼 내가 이해할 수 있을 거라고 생각했어요. 나는 결국 백조가 될 거니까. 근데 아닌 거 같아요. 난 그냥 미운 오리인 것 같아요."

"방법은 무시와 증명뿐이야. 그들의 말은 듣지 말고 그들보다 열심히 하지 않아도 그들보다 잘해야지. 그게 이 야생 숲에서 살아남는 방법이고 니가 백조임을 증명하는 방법이야. 백조는 오리들 틈바구니 안에서 끊임없이 자신을 증명하고 밖으로 나와야 해. 언제까지 아무것도 모르는 오리들 사이에서 무시당할 거야? 우리를 박차고 나오지 않으면 백조는 더 이상 백조가 아니라 그저 미운 오리 새끼밖에 되지 못하는 거야.”

“선배도 미운 오리였죠?”

“……. 난 아직도 미운 오리야. 나도 내가 백조인 줄 알았어, 그래서 다른 오리들을 무시했어. 난 남들보다 똑똑했고 잘했거든. 근데 지금 생각해보니까 잘난척하는 못된 오리였어, 나는. 백조는 너 같은 사람이야. 가만히 있어도 빛나는 사람.”

선배 말이 맞아. 미운 오리 새끼가 백조가 될 수는 없어. 미운 오리가 스스로 깨우쳐서 백조가 되지 못하면 그 백조가 미운 오리 새끼가 되는 거지.

“선배 고마워요. 오해해서 죄송해요. 저도 선배한테는 나쁜 오리 형제네요. 암 것도 모르면서 오해나 하고.”

“아냐, 그리고 이제 선배라고 부르지 마. 혜지도 그렇고 다 오빠라고 부르던데……. 불편하면 말고.”

보라는 말없이 웃었다. 둘의 만남은 두 사람 모두의 예상을 빗나갔지만 둘의 얼굴에는 미소가 비쳤다. 보라는 남은 코코아를 벌컥 들이마셨다.

“아, 한결 낫다. 이제 가볼게요. 민준 오빠.”

“그래. 미운 오리 파이팅.”

언젠가 두 날개를 활짝 펴고 날아오를 그날이 올 거야. 그리고 그런 내 모습을 보며 짧은 다리로 뒤뚱거리는 몸을 지탱하고 하늘만 보고 있을 오리들을 생각하면서…… 힘내자.

"우리가 일요일에 보는 게 처음인가?"

"그런 것 같죠?"

한 교수와 민준은 카페에 어색하게 마주 앉아 있었다. 2년 동안 한 교수의 연구실에서 TA를 해온 민준이지만 둘이 연구실 밖에서, 그것도 일요일 저녁에 만나는 건 처음이었다. 삭막한 남자들 같으니.

"그래, 무슨 일이야? 전화로 하면 안 되는 얘기라니."

"제가 큰 실수를 저질렀습니다. 그래서 상처를 줬어요. 어떤 사람한테."

"네가? 내가 봐온 김민준은 실수를 용납하는 성격이 아닌데, 그것도 남에게 상처를 주다니."

"저도 이해가 안 돼요. 이런 경험이 처음이라……."

"내가 해결해 줄 수 있는 고민이니?"

"저도 이 문제의 해결책이 어디 있는지 모르겠어요. 하도 답답해서 지식인에도 물어봤다니까요? 근데 도무지 저는 신뢰가 안 가서요."

"요즘 블로거나 지식인 답변이 얼마나 전문적인데. 그건 너도 잘 알잖아? 동떨어진 전문가들보다 친근한 아마추어들이 더 신뢰를 받는 세상인걸?"

"이론적으로 생각해서 안 되는 게 너무 많아요. 바보가 된 기분이에요."

"나도 실전엔 약한 편이지만 말해봐. 형이라고 생각하고 인마."

한 교수는 지금 민준이 꺼내려는 이야기가 둘이 매일 해오던 학술적인 이야기가 아닌 것을 직감했다. 민준은 계속 망설였다. 자기 자신이 저지른 범죄를 자백하는 것은 쉬운 일이 아니었다.

"저……. 사실은 교수님을 사칭했어요."

"나를? 사칭했다고? 언제? 아니 그것보다 왜?"

민준의 입에서 나온 말은 한 교수가 납득하기에는 너무 갑작스러운 고백이었다. 왜인지, 언제인지, 누구에게인지 무엇을 먼저 물어도 이상하지 않을 만큼 너무나 뜬금없고 터무니없는 이야기였다.

"교수님 수업을 듣는 보라한테 메일을 보냈어요. 교수님 메일로요. 정말 이성적으로는 그러면 안 되는 줄은 알았는데……."

"너, 내가 얼마나 민감한지 알면서. 대체 왜 그런 거야?"

한 교수는 화가 났지만 처음 보는 민준의 알 수 없는 행동에 화보다는 궁금증이 더 들었다.

"저도 제가 이해가 되질 않아요. 근데 그렇게라도 하지 않으면 정말 안 될 것 같았어요. 처음에는 그냥 격려해주고 싶었어요. 너무 마음이 예뻐서."

"그런데?"

한 교수는 민준에게 어떤 질책도 하지 않았다. 그저 민준이 자신의 마음을 솔직히 고백하기를 바랐다.

"그런데 얘기를 하면 할수록……. 맞아요. 그 아이가 좋아졌나 봐요. 아니 좋아하고 있었어요. 메일을 주고받고 싶은데 제 모습으로는 용기가 나지 않았어요. 저는 그 아이한테 어떤 조언을 해줄 만큼 훌륭한 사람이 아니니까.

명언은 얼마나 멋진 말을 하느냐가 아니라 누가 말하느냐에 달린 거잖아요."

"그렇다고 해도 그렇지. 밝히지 않고 메일을 보낸 건 정말 너답지 않은 행동이야."

"알아요. 그래도 정말 그 아이한테 도움이 되고 싶었어요. 제가 잘하고 있다고 하는 것보다 교수님이 하는 게 그 아이한테 더 큰 도움이 될 테니까요. 그리고 그 아이는 저 같은 사람을 좋아할 리도 없고……. 그런데 일이 좀 꼬였어요."

"왜? 너라는 걸 알았니? 그래서 뭐래? 차인 거야?"

한 교수는 어느새 연애 상담에 푹 빠져 있었다.

"아니요. 제 마음이 티가 났나 봐요. 교수님이 자기를 좋아하는 줄 알아요. 그래서 힘들어해요. 제가 메일로 했던 말을 교수님이 자기 환심을 사려고 한 말이라고 생각하더라고요."

"맙소사. 내 이미지 때문이구나."

한 교수는 이마를 쳤다.

"아니에요. 제가 애초에 잘못한 거예요. 어떻게 해야 하죠?"

"짜식, 너 단단히 사랑에 빠졌구나."

"사랑은 상대방을 행복하게 해줘야 하는 건데 전 오히려 그 아이를 슬프게만 만들었어요. 이렇게 어려운 건 줄 알았다면 미리 배워놓는 건데."

민준은 고개를 떨궜다.

"사랑은 배운다고 되는 게 아냐. 상대방에 따라 정말 다양한 모습으로 변한단다. 보라를 사랑하는 너는 그전의 너와 전혀 다른 사람이야. 훨씬 멋있는 사람이지."

"그 아이를 울렸는데도요?"

"그건 그 아이에게 꼭 사과하도록 해. 몰랐다는 것도 가끔은 죄가 되거든. 백과사전 같은 너도 모르는 게 있구나. 이렇게 좋은 걸 모르고 살다니. 너 스스로에게도 사과해라, 인마."

"근데 전 아직 사랑이 좋은 건지 모르겠어요. 저도 힘들고 상대방도 힘들게만 했잖아요."

"이제 알았잖아. 네가 정말 그 아이를 사랑한다는 거. 그럼 이제부터는 네 모습으로 그 아이 앞에 서. 네가 그 아이에게 의미 있는 사람이 되는 거야. 가장 위로가 되고 가장 힘이 되는 사람. 넌 충분히 그럴 가치가 있어."

"교수님은 왜 저를 꾸짖지 않으시는 거예요? 전 오늘 TA 잘릴 생각하고 나왔는데……."

"혼나는 건 다음이야. 무엇보다 최고의 가치는 언제나 사랑이지. 우선은 그 아이에게 고백하는 거야. 내가 혼내지 않아도 아마 그 아이에게 먼저 훨씬 두들겨 맞을 거다."

"……. 감사해요, 교수님."

"영화 중경삼림 봤니? 내가 가장 좋아하는 영화인데 말이야. 그 영화는 헤어짐 뒤에 남겨진 사람들의 모습을 담고 있지만 사랑을 다시 시작하게 해주는 영화야. 나도 실연당했을 때, 사랑에 아파할 때 매번 그 영화로 위로받았어. 그 영화가 하는 말이 뭔 줄 아니? 그래도 사랑하라는 거야. 아파도 다시 사랑하고 죽을 것 같았지만 그래도 우린 사랑해야 한다는 거지.”

한 교수가 해주는 중경삼림의 이야기는 사랑을 해보지 않고 중경삼림을 본 민준은 알 수 없는 것이었다.

“헤어진 다음에 하는 수많은 다짐은 항상 깨지고 만단다. 넌 시작도 헤어짐도 아직 모르겠지만 말이야. 영화에서 보면 금성무가 5월 1일이 유효기간인 파인애플 30개를 사놓고 먹으며 그날까지 아미에게서 연락이 오지 않으면 그녀를 잊기로 혼자 마음먹고 있었잖아. 영화는 봤으니 줄거리는 알지?”

“네.”

“그의 다짐은 유통기한이 지난 파인애플을 다 먹어버리고 술집에 가는 것으로 깨지지. 다시는 사랑하지 않겠다, 잊겠다는 다짐은 언제나 무너지기 위해 존재하는 것 같아. 이렇게 힘든데 왜 사랑을 할까? 사랑을 하면 상대의 한 마디, 작은 행동에도 상처받고 웃을 일보다 울 일이 더 많은 것 같은데 왜 우리는 바보들처럼 똑같은 일을 반복할까? 우리는 왜 누군가를 사랑하지 않고는 견뎌낼 수 없을까? 너도 스스로 이런 질문을 많이 했겠지. 사랑을 시작하기도 전에 말이야.”

민준은 한 교수의 말을 듣기만 할 뿐 아무 말도 하지 않았다. 그의 이야기가 100% 이해가 되지는 않았지만 마음속에 어떤 확신이 생기고 있었다.

“갈등이 문화를 발전시켰다는 거 알고 있지? 우리나라에 남북갈등이 있고 인도에 카스트 제도가 있듯이 너희 사이에 있는 갈등도 어쩌면 너희를 더 성장하게 해줄 수 있지 않을까?”

“네. 내일 그 아이를 만나서 말해야겠어요. 그리고 용서해줄 때까지 빌

거예요.”

“네 마음을 잘 전하길 바란다. 내일 보자.”

한 교수가 먼저 자리에서 일어나고 민준은 혼자 남았다. 평소 절대 먹지 않는 코코아를 시켜놓고 몇 모금 마시지도 않은 채 젓기만 하다가 식은 코코아를 보고 보라를 떠올렸다. 그리고 웃었다.

이제 식은 코코아만 봐도 생각나네.

#07 찰나의 용기.

다음 날 수업이 끝나고 민준은 보라에게 말을 걸었다. 보라는 여전히 힘이 없었다.

"너한테 해줄 말이 있는데 밥은 먹고 들어야 할 것 같다. 점심 사줄게."

"무슨 얘긴데요? 급한 얘긴가 봐요?"

"응, 한참 늦었지. 그래도 조금이나마 빨리 말하고 싶어서."

둘은 학교 안에 있는 한적한 카페로 갔다. 어색한 공기가 민준이 할 말의 무게를 짐작하게 했다.

"수업 2시지? 하아."

"아, 괜찮아요. 휴강이라서. 무슨 얘긴데 그러세요?"

"화내도 좋고 날 때려도 좋은데, 울진 않았으면 좋겠어."

"대체 무슨 말이에요? 저한테 잘못한 거 있으세요?"

어색한 분위기를 깨보려 밝은 목소리로 물어보지만 여전히 분위기는 무거웠다.

"그래. 더 이상은 질질 끌지 않을게. 그동안 너랑 메일 주고받은 사람……. 교수님이 아니고 나야."

보라는 방금 민준의 입에서 나온 말을 듣고도 이해하지 못했다.

"그게 무슨 뜻이에요? 교수님이 시켰다는 거예요?"

"교수님은 모르시는 일이었어. 교수님은 답장하지 말라셨는데 내가 몰래 한 거야. 네 메일을 무시할 수 없었어."

"아니……. 대체 왜 그랬어요?"

민준은 최대한 담담하고 솔직하게 이야기하려고 노력하고 있었다.

"네가 열심히 하는 모습이 보기 좋았어. 네 메일을 읽고 너한테 힘이 되어주고 싶었는데 내가 아니라 교수님이라면 네가 더 기뻐할 줄 알았어. 메일을 주고받을수록 점점 자신감을 가지고 기뻐하는 네 모습을 계속 보고 싶어서 멈출 수가 없었어."

민준의 말을 들으면 들을수록 보라는 더욱 알 수 없었다. 대체 이게 무슨 상황이지?

"너를 좋아하는 건 교수님이 아니라 나야. 내 마음을 최대한 숨기려고 했는데 네가 다른 남자랑 문자하는 걸 보고 이성을 잃었었나 봐. 나도 그런 감정이 처음이라 어떻게 해야 할지 몰랐거든."

보라는 머리를 한 대 맞은 기분이었다.

민준 선배가 나를 좋아한다고? 그럼 교수님은 나를 좋아하기는커녕 나에 대해 별로 관심도 없는 거네? 나 그럼 욕 안 먹어도 되는 건가? 근데 그럼 나는……. 나는 어떤 사람인 거지?

보라는 너무 혼란스러웠다. 한 교수와의 스캔들은 메일을 보낸 사람이 민준이었다는 것으로 끝이 났지만 그동안 메일을 통해 그에게 인정받았던 자신은 없어진다는 사실에 마냥 기뻐할 수 없었다. 그래서 지금 민준이 자신을 좋아한다는 말은 뒷전이었다.

"일을 키운 건 오로지 나야. 널 속여서 정말 미안해. 하지만 내가 메일로 했던 말은 전부 진심이었어. 그 어느 때보다 솔직했어. 그때 카페에서 했던 말도 다 진심이야. 난 교수님처럼 훌륭한 사람은 아니지만 나 같은 사람도 네가 얼마나 대단한 사람인지 느낄 수 있을 만큼 넌 멋진 아이야. 조금이나마 위로가 됐으면 좋겠다."

"지금 너무 머리가 어지럽네요. 정리가 필요할 것 같아요."

"충분히 이해해. 화나면 때려도 좋아. 맞을 준비 다 돼 있어."

민준은 눈을 질끈 감았다.

"아니에요. 제가 머리가 안 좋아서요. 집에 가서 좀 정리를 해야 할 것 같아요. 먼저 가볼게요."

민준은 또 카페에 혼자 남겨졌다. 마음의 준비를 한 것에 비해 너무 허무하게 끝난 고백이었지만 그래도 보라가 울지 않아서 다행이었다. 보라가 더 이상 자신 때문에 상처받지 않기를. 민준이 바라는 건 그것뿐이었다.

보라는 카페에서 나와 정신없이 걸었다. 정신을 차려보니 집이었고 아직도 상황 파악이 되지 않았다. 저녁이 다 될 때까지 그대로 누워만 있었다. 겨우 일어나 물을 한 모금 마시고 나서야 카페에서 들었던 얘기를 차근차근 되짚어보았다.

어떻게 보면 변한 사실은 메일을 보낸 사람이 교수님이 아니라 민준 오빠라는 것뿐이네. 그러니까 나를 북돋아 주던 사람도 교수님이 아니라 민준 오빠고 사랑도 못해보고 이론만 달달 외운 사람도 민준 오빠고 내가 다른 남자랑 문자하는 걸 질투한 사람도 민준 오빠인 거네.

그리고 보라는 그 동안 주고받은 메일을 하나씩 읽어보았다.

'수업시간 내내 나를 뚫어져라 보던데 가끔 TA한테 질문도 하고 그래요. 보라 학생한테 도움을 줄 게 많은 친구에요.'

'TA 학생하고는 친해요? 겉으로는 차가워 보여도 진국인데. 친하게 지내봐요.'

'민준이 같은 남자는 어때요? 나야 나이가 많으니까 패스하고.'

보라는 크게 웃어버렸다. 메일마다 간간이 민준의 이야기가 소심하게 적혀있었다. 그럴 때마다 그냥 넘겨버렸는데 민준이 속상해했을 생각을 하니 귀엽기까지 했다.

교수님이 아니면 어때? 나를 백조라고 생각해주는 사람이잖아. 나라면 무조건 응원해줄 사람이 있다는 게 얼마나 감사한데. 이 사람 사랑이 뭔지도 모르면서 날 사랑하느라 얼마나 고생했을까.

보라는 민준에게 전화를 걸었다.

"기대위반이론. 설명해줬던 거 기억나요?"

"그……. 긍정적인 기대 위반은 상대방으로 하여금 새롭고 훨씬 긍정적인 평가를 하게 된다는 거?"

"그래요. 그거. 오빠 사실 선수죠?"

"무슨 말이야? 또 오해한 것 같은……."

민준이 당황한 모습에 보라는 웃음을 터트렸다.

"봐요. 지금도 그래요. 똑똑한 척 혼자 다하더니 멍청이처럼 직접 말도 못하고 메일을 보내질 않나. 교수님이 날 좋아하는 줄 착각하게 해서 날 울려놓고 이제 와서 자기였다고 고백하질 않나. 완전 기대위반이론에 딱 들어맞잖아요. 완전 선수야."

"그런 뜻이 아니었어. 난 정말 자신이 없어……."

"근데 자신이 없는 건 사실 나에요. 난 정말 대단한 여자도 아니고 사실 백조가 아닐 가능성이 더 높은 오리거든요. 오빠는 지금 콩깍지가 쓰여서 내 단점은 하나도 안 보이는 걸 거예요."

"불신의 유예인가? 너에게 몰입되어 있어서 합리적인 판단이 중지된 거야. 근데 이거 생존본능이잖아."

"살기 위해서 바스락거리는 나뭇잎 소리에도 놀라는 거요? 그래야 진짜 짐승이 나타났을 때 빨리 도망칠 수 있으니까. 맞죠?"

"응, 네가 if only를 보고 눈물을 펑펑 쏟은 것도."

보라가 메일로 했던 말이다. 정말 메일을 보낸 게 민준이 맞았다. 보라는 너무 다행이라는 생각에 또 눈물이 고였다.

"이제 더 이상 속아주지 않을 거야."

"정말 미안해. 다신 그러지 않을게."

"오빠 메일 주소 알려주세요. 교수님 메일 말고."

"내 메일 주소는 왜?"

"모르는 게 생기면 물어봐야죠. 알아야 할 게 산더미인데. 그리고 혜지랑 친하게 지내지 마요."

"알겠어. 뭐든지 물어봐. 교수님보다 더 잘 설명해줄게! 그리고 혜지는 왜? 별로 친하진 않지만."

민준은 보라의 말뜻을 정말 모르는 듯했다. 민준의 마음을 알면서 계속 메일을 주고받겠다는 게 어떤 의미인지.

하긴, 그걸 한 번에 알면 정말 선수겠지.

"서로 궁금해하고 보고 싶어 하고 질투도 하자고요. 헌신만 하지 말고 친 밀함도 같이 가지자 구요, 우리."

"사랑……. 하자는 거야? 나랑? 너랑 나랑?"

"이게 정말 사랑일지는 해봐야 알겠죠. 독버섯일지도 모르잖아요."

#08 1년 후

"아, 배 아픈 거 같아."

"왜? 많이 아파?"

"살살 아프네. 왜 이러지?"

"화장실 갔다 올래? 기다리고 있을게."

"그 배 아니거든?"

보라는 배를 움켜쥐고 민준을 노려봤다. 민준은 영문을 모르겠다는 듯 되물었다.

"그 배는 뭐야? 다른 배가 그럼 또 있어?"

"여자들은 배 아픈 이유가 한두 개가 아니니까 그렇지!"

"아까 배부르다면서 아이스크림 먹으러 가서 탈 난 거 아니야?"

"아이스크림 배랑 밥 배랑 따로 있지. 애피타이저, 메인, 디저트가 괜히 있겠어?”

“니 말은 도대체 알아들을 수가 없다니까. 네가 소도 아니고 배가 몇 개야.”

“오빠는 진짜 여자를 모른다. 헛똑똑이야, 정말.”

민준은 요즘 논문 쓰는 것보다 보라와 문자하는 게 더 머리가 아프고 영어로 쓰인 자료들보다 보라의 말이 더 이해가 가지 않을 때가 많다. 그렇다. 둘은 지금 연애 중이다. 민준의 한 교수 사칭 사건 이후로 많은 일이 있었다. 한 교수는 민준에게 TA를 그만두고 논문에 집중하라고 지시했다. 민준의 잘못에 대한 벌이자 바빠질 민준을 위한 배려 깊은 선물이었다. 얼마 지나지 않아 민준과 보라는 연인이 되었지만 형철과 수현의 떠들썩한 연애에 가려져 다행히 세간의 주목을 받지는 않았다.

민준은 보라에게 메일 사건의 전말을 고백한 날 이후 보라에게 끝없는 추궁과 놀림을 받아야 했지만 단 한 번도 자신의 결정을 후회하지 않았다. 그 메일이 아니었다면 보라와 솔직한 이야기를 나눌 수도 없었을 것이고 자신이 반쪽짜리 세상을 살아왔다는 것도 몰랐을 것이다. 보라 역시 자신을 속인 민준에게 말은 하지 않았지만 고마워했다. 민준이 아니었다면 보라도 자신에 대한 확신 없이 주춤거리고 있었을 테니까. 티격태격하면서도 둘은 항상 생각한다.

메일 보내길 잘했지.

용기 내줘서 고마워요.

"아참, 한 교수님 책 나왔다며. 근데 웬 연애 상담 책이야?"

"연애를 하셔서 그런가?"

한 교수 역시 미정과 연애를 시작했다. 그의 연애는 신문과 TV에서 보도할 정도로 이슈가 되었다. 형철과 수현, 민준과 보라의 연애와는 스케일이 달랐다. 프러포즈도 아주 로맨틱하게 해서 트위터에 올렸더니 그것도 기사가 되었다고 민준에게 주절주절 자랑도 했다. 그렇게 미정과의 연애에 푹 빠져 한동안 슬럼프를 겪다가 최근 연애 상담 책을 2권이나 써냈다. 반응이 아직 그전의 책들보다 좋지 않지만 미정에게 바치는 선물이라며 가장 애착이 가는 도서란다.

"완전 로맨티스트셨다니. 요즘도 수업 끝나면 바로 서울로 올라가셔?"

"응. 그리고 아메리카노만 드시다가 요즘은 헤이즐넛 드시더라. 미정 팀장님께서 헤이즐넛을 좋아하신대."

"빨리 결혼하셨으면 좋겠다."

"그럼 너 일이 더 늘 텐데? 이것 참, 내가 도와주기도 그렇고."

민준이 TA를 그만두고 보라는 한 교수의 TA를 자처했다. 요즘은 한 교수가 연애에 빠져 연애 상담 책 3권을 쓰느라 보라의 일이 더 많아졌다. 보라는 자기가 하고 싶었던 공부를 마음대로 할 수 있어서 즐거운데 민준은 보라가 밤이라도 새면 걱정돼서 잠도 못 잔다. 자신은 2년 동안 연구실에서 살았으면서.

"그나저나, 1주일 있으면 전국 서점에 네 이름으로 책이 나오는 건가? 기분이 어떻습니까, 전보라 작가님?"

보라가 민준의 손을 마이크 삼아 잡고 어떤 순간을 떠올린다.

보라가 처음 이 꿈을 입 밖으로 낸 순간.

2학년 때 들었던 수업 중 마지막 시간에 한 명씩 자신의 꿈을 이야기하는 시간을 가졌다. 그때 보라는 이렇게 말했다.

"제 꿈은 누군가에게 영감을 주는 사람이 되는 것입니다. 그게 그림이 되었든 영상이 되었든 그건 저에게 상관이 없어요. 하지만 가능하다면 저는 책을 내고 싶습니다. 아니, 10년 안에 꼭 제 이름을 걸고 책을 만들 것입니다. 어떤 내용이 담길지 모르지만 분명 많은 사람들에게 삶을 더 생기 있게 살아야겠다는 동기를 부여해주거나 세상이 아직은 아름답다는 희망을 주는 책일 거예요. 책이 나오면 여러분께도 꼭 소개해 드릴게요. 사인도 하구요. 그리고 여러분께도 고맙다는 말을 꼭 적을 거예요. 제가 그 꿈을 이룬다면 이 순간도 분명 꼭짓점이 될 테니까요. 여러분도 저처럼 허무맹랑한 꿈일지라도 한 번 자신을 믿고 꿔보는 거예요. 꿈을 꾸는 건 돈 드는 것도 아니고 스펙이 필요하지도 않아요. 그냥 이룰 수 있다고 믿기만 하면 돼요. 밑져야 본전이잖아요?"

그 허무맹랑한 꿈은 꼭 1년 만에 현실이 되었다. 보라는 그날 자신에게 주는 선물로 출판사에 메일을 보냈다. 답장을 바라거나 당장 책을 만들어 달라는 것이 아니었다. 교수님께 메일을 보내면서 다짐했던 것처럼 자신에게 다짐하는 메일이었다. 짧은 글과 함께 1학년 때 과제로 써놨던 책을 함께 보냈고 1주일이 지나서 답장이 왔다. 답장을 기대하지도 않았는데 출판사에서 원고를 보내달라는 요청이었다.

누가 알았을까?

대학교 1학년짜리가 쓴 70장 남짓한 원고가 책 한 권으로 태어나 보라의 꿈을 이루어줄지. 가끔은 수많은 노력보다 찰나의 용기가 더 많은 것을 가져다주기도 한다. 하지만 그 찰나의 용기를 위해서는 반드시 수많은 노력이 뒷받침되어야 한다는 것. 보라는 그것을 배우지 않았다. 직접 부딪쳐 경험했다.

"아아, 대박 예감입니다. 나오면 사인부터 받아놓으십시오. 아마 나오자마자 베스트셀러가 될 테니까요!"

"그래, 네 말은 언제나 이루어지니까. 꼭 사인해줘."

민준은 보라의 이마에 입술을 맞추었다.

"우리 미운 오리가 드디어 백조가 되는구나."

〈독버섯을 맛있게 먹는 방법〉 끝.

에필로그

모든 작가들이 그럴까요?

첫 소설 속 주인공은 겁이 날 만큼 저를 많이 닮아있습니다.

걱정이 많으면서 도전하기를 좋아하고, 눈물도 많고 웃음도 많은 피곤한 성격, 세상 걱정은 혼자 다하고 막연한 자신감은 있으면서 스스로에 대해 끝없이 불안해하는 모순적인 모습도 저를 닮아있습니다. 그래서 보라는 저처럼 완벽하지도 않고 실수투성이에 우유부단하고 여립니다.

이 사실은 독이 될지도 모릅니다. 혼자 감상에 빠져 큰 공감을 얻어내지 못할 수도 있고 내 이야기에 관심이 없는 사람들 눈에는 혼자 청승 떤다고 보일 수도 있으니까요. 하지만 가장 큰 무기인 진실이 이야기에 생깁니다. 어쩌면 더 큰 공감을 이끌어 낼 수도 있죠. 그래서 저는 이 소설에 저를 이용했습니다. 전략적이라고 해도 상관없습니다. 다른 이야기를 빌려서 자신의 이야기를 하는 것에 비겁하다고 해도 괜찮습니다. 이 글 속에서 저는 가장 솔직했고 가장 용기 있는 사람이었고 그로 인해 많은 위로를 받았습니다. 나중에 이 책을 본다면 부끄러울지도 모릅니다. 사랑에 상처받고 저를 모르는 사람들의 날 선 이야기들에 상처받는 제 모습이 한없이 어려 보이겠지요. 하지만 그래도 이렇게나마 추억할 수 있음에 감사하겠습니다.

저는 작은 시골에서 자라고 피 튀기는 경쟁이 아니라 응원해주는 친구들과 어린 시절을 보냈습니다. 1등을 하는 법이 아니라 같이 크는 법을 배웠습니다. 그리고 지방국립대학에 입학해서 학벌도 스펙도 남들에게 모자라지만 저는 제가 하고 싶은 일을 알았습니다. 그리고 그 일을 내가 해야 할 일로 만들었고 해냈습니다. 가끔은 남을 끊임없이 신경 써야 하는 경쟁보다는 자신에게 집중하고 나란히 가는 것이 더 빠를 때도 있습니다. 삶에서 스스로를 즐겁게 하는 일을 찾는 것은 너무나 중요한 일입니다. 누구든 직업을 꿈꾸지 않았으면 좋겠습니다. 대기업 입사가 꿈이 아니라, 토익 900점이 꿈이 아니라, 어떤 사람이 되고 싶다, 어떤 삶을 살고 싶다는 평생을 꿀 수 있는 꿈을 꿨으면 좋겠습니다. 높은 꿈이 아니라 큰 꿈을 꾸십시오. 그리고 사랑할 수 있을 때 사랑하십시오. 사랑이 꿈이 되어도 좋습니다. 사랑하지 않는 삶은 반쪽자리 삶이니까요.

사실 저는 자기소개를 할 때 꿈을 이야기하는 세상이 왔으면 좋겠습니다.

나이보다, 직업보다, 사는 곳보다 더 많은 이야기를 해 주는 자기소개 아닌가요? 그래서 저는 지금부터라도 시작하려고요.

"처음 뵙겠습니다. 앞으로도 저만의 표현으로 많은 사람들에게 영감을 주고 싶은 유난스럽지만 사랑스러운 전보라입니다. 잘 부탁합니다."

이렇게 말하다 보면 어느새 꿈을 닮아있는 저 자신을 발견할 수 있겠죠?
여러분. 여러분은 모두 백조입니다. 모두 반짝반짝 빛나는 사람입니다. 조금 더 용감

해지십시오. 그리고 철장 밖으로 나가서 날개를 펴고 꿈을 먹으며 세상으로 날아가시길
바랍니다.

　이 책이 당신에게, 그리고 저에게, 날지 못하는 오리일까 봐 날아오를 시도조차 하지 못
하는 겁 많은 백조들에게, 꿈을 이룰 용기가 없어 꿈을 꾸지도 못하는 우리 모두에게 큰 위
로와 응원이 되길 바랍니다.

　감사합니다.